KB059088

다른 사람과 하는 러브코미디는 용서하지 않을 거니까

I won't

forgive

LOVE COMEDIES

with

other people

하바 라쿠토
ill. 이코모치

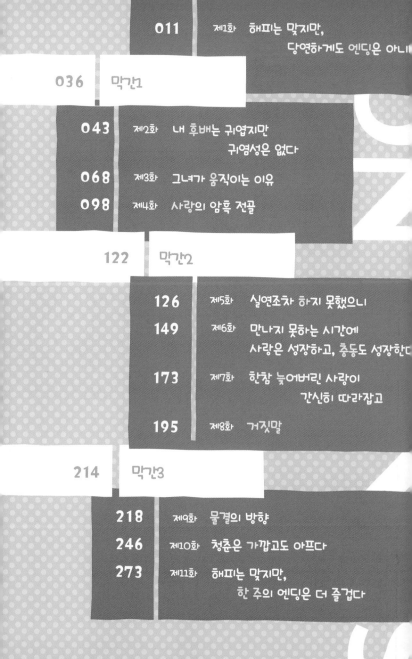

다른 사람과 하는 러브코미디는 용서하지 않을 거니까 2

I won't
forgive
LOVE COMEDIES
with
other people

하바 라쿠토
ill. 이코모치

일러스트 | **이코모치**

"나와 아리사카는 사귀고 있어. 요루카는 내 연인이야."

같은 반 학생들 앞에서 내가 연인 선언을 한 뒤로 우리
의 고교 생활에서는 많은 일들이 일어났다.

내가 사랑하는 연인은 그 아리사카 요루카니까.

교내에서 제일가는 절벽 위의 꽃인 미소녀는 늘 사람들
의 주목을 받는다.

그 파트너인 나, 세나 키스미는 틀에 박힌 듯한 평범하
고 심심한 남자 고등학생.

에이세이 고등학교 안에서 '용케 저렇게 수준 차이가 나
는 커플이 탄생했네?'라는 목소리가 파다하게 퍼진 것은
설명해봤자 입이 아플 것이다.

오지랖도 넓지.

연애는 집단 내의 최대의 관심사.

다른 사람이 보면 수준이 안 맞는다고 해도 나와 요루카
는 서로를 좋아한다.

완전무결한 하이스펙 미소녀는 의외로 자신감이 없다.

그런 그녀가 유일하게 마음을 연 상대가 나다.

때로는 웃고, 때로는 질투하면서 우리의 속도대로 즐겁
게 교제해 나갔다.

우리의 열애는 시간이 흘러도 식지 않고, 고등학교를 졸
업한 뒤에는 둘이 같은 대학에 진학. 재학 중에 동거를 시

작하여 충실한 4년을 보냈다.

그리고 사회인 2년 차가 되었을 때, 나는 그녀에게 프러포즈했다.

처음 교사 뒤의 벚나무 아래에서 고백했을 때처럼 요루카는 도망치지 않고, 그리고 이번에는 주저하지도 않고 YES라는 대답을 주었다. 평화로운 신혼생활을 잠시 보낸 뒤에 아이도 태어나 가족끼리 오붓하게, 행복하게 살았다. 짝짝짝.

아아, 얼마나 근사한 해피엔딩인지. 내 인생에 한 점의 후회도 없구나.

세나 키스미의 인생, 완결.

————같은 건 당연히 나의 성급한 망상이다.

첫 선언 이후로는 완전히 내 현실도피다.

물론 아리사카 요루카와 사귀는, 현재 고등학교 2학년인 내가 해피하다는 건 맞다.

이 이상적인 미래로 나아가기 위한 다음 단계로서 요루카와 휴일 데이트를 하고 싶었다.

하지만 설령 서로 좋아하는 러브러브 커플이라고 해도 휴일 데이트가 실현된다는 보장은 없다.

"대체 무슨 생각을 하는 거야, 키스미 바보!"

"세나 학생! 제가 얼마나 고생해서 두 사람의 건을 수습했는지 아시나요!"

연인 선언을 한 날의 방과 후, 학생 지도실.

나는 아리사카 요루카와 담임인 칸자키 시즈루 선생님에게서 절찬 설교를 듣고 있다.

연인과 담임선생님이 동석한 삼자대면이라니, 대체 무슨 괴상한 상황인 거냐고.

나는 양쪽으로 호되게 비난을 받고 있었다.

"뭐야, 키스미. 제대로 듣고 있어?"

내 사랑스러운 연인인 요루카는 평소 볼 수 없을 만큼 맹렬한 기세로 따졌다.

날씬하면서도 굴곡은 확실한 발군의 몸매. 팔다리는 쭉 뻗었고, 바스트와 힙 사이즈와는 달리 허리는 놀라울 만큼 가늘었다.

갓 쌓인 눈처럼 하얀 피부를 붉게 물들이는 것은 수치심 때문인지, 분노 때문인지. 쓸어올리는 긴 머리카락은 윤기가 흘러서 빛나 보일 지경이다. 커다란 눈동자는 거울처럼 말갛고, 나만을 보고 있다. 그 주위를 빙 두른 짙은 속눈썹은 뺨에 그림자가 떨어질 만큼 길다. 왼쪽 눈가의 눈물점이 매력 포인트. 옅은 분홍색의 입술에는 자꾸만 시선을 빼앗긴다.

"듣고 있어, 그냥 연인을 보고 넋이 나간 것뿐이야."

화를 내도 아름다울 정도이니 요루카의 매력도 참 심오하다.

조형적으로 반듯한 것만이 아니라, 희로애락의 표정 하나하나가 사랑스럽다.

영원히 요루카의 얼굴을 구경할 수 있을 정도다.

요루카의 날카로운 시선조차 기분 좋은 마사지로 느껴질 정도인 만큼 나는 푹 빠져있었다. 적어도 지금 요루카가 화내는 게 부끄러움의 표현이라는 걸 바로 알 수 있었다.

"나, 나는 진지하게 주의를 주는 거야!"

내 솔직한 한마디에 크게 동요하는 요루카. 풋풋한 반응이 일일이 귀엽다.

여기가 학생 지도실이 아니었다면 요루카의 반응을 더 즐겼을 것이다.

"나도 진지하게 그렇게 느꼈으니까 솔직하게 대답한 것뿐인데."

"그게 이상한 대답이란 뜻이라고!"

"싫지만도 않으면서."

나는 요루카의 눈동자를 물끄러미 바라보았다.

그것만으로도 그녀는 또 부끄러워서 시선을 피했다.

"나를 놀리면서 즐기지 마. 키스미, 너무 들떴어."

"⋯⋯─, 음, 그런가 봐."

요루카의 지적에 나는 내가 상당히 신이 났다는 걸 자각했다.

"눈치채지 못했던 거야? 얼마나 머리가 꽃밭인 건데?"

"그야 꽃이 필 만도 하지. 나와 요루카가 사귄다는 게 공개적으로 드러났잖아. 비밀 연인도 좋지만, 지금은 내 여자친구가 아리사카 요루카라고 말할 수 있다는 게 순수하게 기뻐."

올해 4월에 요루카에게서 OK를 받고 사귀기 시작한 우리들.

주목받는 걸 거북해하는 요루카의 희망 사항에 따라, 처음에는 우리가 사귄다는 걸 비밀로 했었다.

하지만 어느 휴일 아침에 역 앞에서 헤어지는 우리의 모습을── 누군가가 목격하고 말았다.

아리사카 요루카가 남자와 밤을 보내고 아침에 집에 돌아갔다는 소문이 순식간에 학교 전체로 퍼져나갔다.

역대급으로 주목을 받게 된 상황에 요루카는 견디지 못하고 충동적으로 헤어지자고 했다. 하지만 든든한 친구들의 도움을 받아 우리는 무사히 연인 관계로 돌아갈 수 있었다.

그런 상실감은 다시는 맛보고 싶지 않다.

그래서 나는 연인임을 선언하기에 이르렀다.

"……키스미가 기뻐하는 건 나도 기뻐. 그건 잘 알고 있어. 하지만 역시 부끄러운 건 부끄러운 거란 말이야! 나는 지금까지처럼 비밀로 사귀는 것만으로도 충분했는데."

신의 과잉 편애인지, DNA가 너무 힘을 낸 건지.

아리사카 요루카라는 희대의 미소녀는 아무튼 눈에 띈다.

그 아름다움에 모여드는 주위의 시선은 어릴 때부터 그저 스트레스였다고 한다.

덕분에 완전히 대인기피 성향이 완성되었다.

시선에 민감한 요루카는 쉬는 시간이 되면 교사 구석에 있는 미술 준비실에 숨어서 타인과의 교류를 최대한 피해 왔다.

교실에서는 타고난 쿨뷰티 분위기로 학생들을 철저하게 멀리했다.

주위에서도 그런 그녀의 마음을 헤아리고 멀리했기 때문에 그대로 이어지고 말았다.

나도 학교에서 제일가는 절벽 위의 꽃의 정체가 커뮤니케이션 능력에 문제가 있는 소녀라는 걸 알게 된 것은 작년 늦봄부터 미술 준비실에 다니게 된 뒤부터이지만.

"심각하게 생각하지 마. 우리가 양심의 가책을 느낄 만한 일은 없잖아. 선언해두면 교실에서도 당당하게 연인처럼 지낼 수 있어."

"너, 너무 절도가 없는 건 좋지 않다고 보는데. 쓸데없이 붙어 다니면 금방 질려버릴지도 모르잖아……."

"내가 요루카에게 질릴 리 없잖아!"

"고, 고마워. ──아니, 이게 아니라!"

나의 힘찬 대답에 요루카는 웃음이 나오려는 걸 필사적으로 참는 모양이었다.

"알았어. 교실에서는 참을게. 그 대신 둘만 있을 때는 사양하지 않겠어!"

"그런 문제가 아니, 니까."

"그럼 매정한 게 좋아? 좀 서운한데."

"그, 그건, 그……."

요루카는 우물쭈물했다.

입으로는 싫어하지만 '그것도 나쁘지 않을지도……' 하는 표정인 요루카.

"싸우면서 연애 놀음이라니 기술이 참 좋군요. 그것도 교사 앞에서."

칸자키 선생님이 무표정으로 싸늘한 감상을 던졌다.

"앗, 들켰어요?" "아니야!"

"사랑싸움을 봐야만 하는 사람의 심정도 생각해주세요."

칸자키 선생님이 두통을 견디듯이 이마를 짚었다.

천적인 칸자키 선생님의 그 반응에 요루카는 부루퉁해졌다.

"연애 사실을 공개하는 건 두 사람의 개인적인 문제입니다. 제 쪽에서 해야 할 말은 없죠. 하지만! 모든 일에는 적절한 타이밍이라는 게 있습니다! 하필이면 소문을 덮은 직후에 연인 선언이라니 무슨 생각인 거죠! 조금은 이쪽의 고생을 헤아려줄 수도 있는 것 아닌가요."

조용한 칸자키 선생님치고는 드물게 말수가 많다.

비단 같은 검은 머리카락이 인상적인 전통미인. 그 동작 하나하나가 우아하고 절도가 있다. 의자에 앉는 모습은 그림이 될 정도다. 그런 어른의 고상한 매력이 넘실거리는 요조숙녀는 이지적인 눈빛으로 나를 노려보았다.

아침 귀가 소문을 불식하기 위해 움직여준 배후의 공로자는 명백하게 불만인 모양이었다.

오늘 아침의 홈룸에서 내가 연인 선언을 한 직후.

같은 반 아이들이 놀리면서도 축하해주는 가운데 선생님만은 계속 침묵을 유지했었다. 그때 억눌렀던 감정을 지금, 이 순간에 폭발시키는 것 같았다.

"하지만 선생님도 말씀하셨잖아요. 저는 요루카의 교두보 역할이라고."

"세나 학생. 제가 부탁한 것은 교류가 서툰 아리사카 학생과 다른 학생 사이를 중재해주는 것입니다. 어디까지나 커뮤니케이션의 창구로서 그녀의 학교생활 전반을 돕는 거죠. 학급 임원이라는 위치를 이용해서 손을 대라고 한 적은 없습니다."

우리의 큐피드인 선생님은 상당히 직설적으로 말했다.

물론 선생님이 마음에 들어 하지 않는다는 건 잘 알고 있다.

그래도 내 연인 선언은 그 타이밍이어야만 했다.

"계기가 우연히 학급 임원이었던 것뿐입니다!"

학급 임원이라는 위치를 이용해서 요루카에게 접근해 농락했다.

시각에 따라서는 그렇게 볼 수도 있긴 하다.

하지만 연애의 계기는 원래 그렇다. 처음에는 그럴 생각이 없어도 함께 시간을 보내는 사이에 특별한 호감을 품게 되었을 뿐이다.

"……세나 학생은 의외로 손이 빠르군요."

선생님은 흑요석 같은 눈동자에 의구심을 담아 나를 빤히 쳐다보았다.

"그럴 리가 없잖아요. 고백하기까지 반년 넘게 걸렸다고요. 저에게 그런 연애 기술이 있다면 1학년 때부터 사귀었을 겁니다. 심지어 훨씬 더 전에 여자친구가 있었을 거예요."

"글쎄요."

칸자키 선생님은 계속 회의적이었다.

"키스미이……? 과거에 다른 여자와 사귈 기회가 있었던 거야?"

요루카가 지옥 밑바닥에서 끓어오르는 듯한 목소리로 물었다. 이럴 때만 자기의 천적과 동조하지 말라고.

"비유법이야! 나는 지금까지도 앞으로도 요루카 일편단심이라고!"

"또 저렇게 연애 놀음을."

선생님이 황당해했다.

"선생님! 저희는 순수하게 의기투합한 거예요. 순애라고요. 진지하게 사귀는 겁니다."

"저는 딱히 기자회견을 요구하는 게 아닙니다."

칸자키 선생님은 냉랭하다. 더없이 담담한 말투로 설교를 이어갔다.

"이건 나와 키스미의 문제니까 외부인이 간섭하는 건 듣고 싶지 않아!"

요루카도 얌전히 있지만은 않았다.

"저는 두 사람의 담임교사입니다. 경솔한 행동으로 무용한 불이익이 발생하지 않도록 학생을 적절하게 지도하는 게 제 업무입니다."

"그게 지나친 간섭이라고! 우리는 사귀는 걸 공개한 것뿐이야. 고작 그 정도로 학생 지도실까지 불러낸다고?"

선생님의 설교가 시작하자마자 요루카는 나를 옹호하는 측으로 돌아섰다.

요루카는 유독 칸자키 선생님에게 과격하다.

"그러는 아리사카 학생도 과보호입니다. 제가 부른 건 세나 학생**뿐**이니까요."

"내가 있는 게 무슨 문제라도 돼?"

"있는 그대로 말하자면 생각했던 것보다 더 방해됩니다. 세나 학생과 중요한 이야기를 할 수 없군요."

너무나도 직설적인 말에 그 요루카조차 말문이 막혔다.

"둘 다 진정하시고. 저는 요루카와의 향후 관계를 고려해서 솔직하게 사귄다는 걸 공표한 것뿐입니다."

"누구 때문인데!" "누구 때문입니까!"

미소녀와 미녀에게 동시에 혼났다.

"호, 호흡이 찰떡이네요. 와, 긍정적인 변화가 벌써 일어났다."

나도 아무 생각 없이 교제 사실을 공표한 건 아니다.

요루카와 계속 함께 있을 수 있다면 그것만으로도 충분하다.

설령 졸업할 때까지 비밀로 한다고 해도 우리의 마음이 식을 일은 없을 것이다.

다만, 그 이상으로 우리의 연애를 공개하면 요루카와 더 즐거운 고교생활을 보낼 수 있다고 생각했기 때문이다.

"아아, 진짜. 오늘 하루는 엉망이야! 아침부터 키스미가 뻔뻔하게 '요루카는 내 연인이야' 같은 소릴 하니까 학교 전체에 다 퍼졌잖아. 복도를 걸을 때마다 평소보다 더 쳐다봐서 끔찍했다고. 방과 후엔 교사의 비아냥이나 듣게 되고."

요루카는 입술을 삐죽였다.

왜 요루카는 이렇게까지 칸자키 선생님을 적대하는 걸까.

오히려 이렇게 좋은 교사는 또 없다고 보는데.

우아하고 친절하고, 우리 학교의 수많은 여학생들이 롤모델로 삼는 칸자키 선생님. 총명하며 늘 냉정·침착. 고민하는 학생이 상담하러 오면 적확한 조언도 해준다.

요루카의 언니도 이 학교 졸업생이자 선생님의 제자다. 심지어 졸업한 뒤에도 계속 연락하며 교류할 정도로 선생님을 따른다.

요루카의 언니가 칸자키 선생님의 제자였기 때문에 예의 소문도 무사히 수습할 수 있었다.

자매라고 해도 같은 교사를 좋아한다는 보장은 없는 건가.

"멋대로 따라온 건 아리사카 학생이잖아요."

칸자키 선생님이 작게 중얼거렸다.

나는 요루카가 또 선생님을 공격하기 전에 먼저 사과했다.

"사전에 상의하지 않은 건 미안해! 하지만 요루카에게 말하면 안 된다고 할 거잖아?"

"당연하지."

"그럼 서프라이즈로 선언할 수밖에 없잖아."

"무슨 논리가 그래."

요루카가 홱 고개를 돌렸다.

"애들 반응을 보고 알았지? 다들 눈치채고 있었어. 구기 대회 참전 경기를 정할 때 도망쳤던 사건에다, 농구 시합 때 나를 응원해주기도 했고, 발이 삔 나에게 어깨를 빌려주고 보건실까지 데려가 줬고. 여기에 아침 귀가 소문까지. 나중에 들켜서 이상한 방향으로 화제에 오르면 더 노골적인 시선으로 쳐다봤을 거야. 게다가—— 요루카, 앞으로도 네 마음을 억누르고 살 수 있겠어?"

나는 논리정연하게 연인 선언의 필요성을 설득했다.

들킬 조건은 이미 갖춰져 있었고, 숨기는 것도 한계가 있다.

스타성이 탁월한 요루카는 일거수일투족이 남의 시선을 끈다.

그런 상황에 신물이 나서 주위에서 일어나는 일에 철저한 무관심을 보이는 것으로 자신의 스트레스를 줄여왔다.

그렇게 아무와도 대화하지 않는 요루카의 일상 속에 나라는 예외가 발생했다.

보통은 냉정한데 내가 엮일 때만 감정적이고 대담하게 움직인다.

요컨대, 요루카가 나를 좋아하는 건 다른 사람의 눈으로 봐도 노골적이었다는 뜻이다.

"……아마도, 못 해."

본인도 그런 자각이 싹트고 있었던 건지 마지못해 인정했다.

어중간하게 숨기다가 또 소문의 표적이 되는 것보다 지금 공표해두는 게 훨씬 낫다.

"그렇지? 게다가 요루카는 스스로 생각하는 것보다는 주위 사람들과 잘 지내고 있어. 필요 이상으로 겁먹지 않아도 돼. 나도 언제든 도와줄 테니까."

거친 치료법이라는 건 안다.

그래도 최초의 계기만 있다면 두 번째, 세 번째엔 익숙해져 가는 게 인간이다. 무엇보다 내가 전력으로 요루카를 지킬 것이다.

"응……."

"모처럼 선생님께서 도와주신 것까지 헛수고로 날려버릴 수도 없으니까요."

"저는 덤인가요."

칸자키 선생님의 말에 다시 가시가 돋쳤다.

"으으, 좀 더 관심을 끄란 말이야."

요루카는 원망이 그득해 보였다.

"복에 겨운 고민이군요. 아리사카 학생이 스트레스를 받는 원인은 외모 문제만은 아닐 텐데요."

"여러모로 귀찮은 성격도 포함해서 요루카라는 느낌이라 저는 좋아하는데요."

칸자키 선생님과 나는 객관적으로 의견을 교환했다.

"제멋대로 말하지 마! 돌아갈래!"

요루카는 가방을 맸다.

"어? 오늘은 데이트 안 해?"

"안 해!"

"모처럼 휴일 데이트에 대해 상의해보려고 했는데."

"휴, 휴일 데이트?"

내 한 마디에 요루카가 우뚝 발을 멈췄다. 월척이 낚였다. 흥미가 있는 것 같아서 다행이다.

"아리사카 학생은 세나 학생에게 무척 무르군요."

"윽, ──하, 하루 정도는 반성해! 혼자 돌아가! 오늘은 라인도 금지!"

거 봐, 또 저렇게 충동적으로 저지른다니까.

선생님의 말에 반사적으로 반응한 요루카는 유혹을 끊어내듯 먼저 나가버렸다.

"……하루라면 참아야겠네."

나는 얌전히 받아들였다.

4월도 하순에 접어들었으니 곧 골든 위크, 황금연휴다.

첫 휴일 데이트는 요루카가 실컷 즐거워할 수 있도록 데이트 계획을 꼼꼼하게 짜서 놀러 가고 싶었다.

——이때, 나는 설마 휴일 데이트 실현까지 생각했던 것보다 더 큰 우여곡절을 겪게 될 줄은 상상도 못했다.

◇ ◇ ◇

요루카가 돌아가는 바람에 나는 칸자키 선생님과 1대 1로 다시금 마주보았다.

"아리사카 학생, 그렇게 난리가 났는데 금방 용서해줄 것 같군요."

"둘이 있을 때는 저런 식이에요."

"눈앞에서 시시덕거리는 것만으로도 거슬렸는데. 뭔가요, 아리사카 학생이 저렇게 푹 빠져버리다니. 세나 학생, 역시 연애에 익숙한 것 아닌가요?"

칸자키 선생님은 여전히 의심하고 있었다.

"연애 경험이 풍부하다면 연인에게 이렇게 휘둘리지 않거든요."

"아무리 능숙한 남성이라도 아리사카 학생 상대로는 쉽지 않을 겁니다."

칸자키 선생님은 그렇게 단언한 뒤 말을 이었다.

"연애 경험과 진심으로 상대방을 위하는 것은 별개입니

다. 아리사카 학생이 선택한 건, 세나 학생의 마음이 믿을 만하다고 느꼈기 때문이겠죠."

지당한 발언.

어른의 말이다. 역시 칸자키 선생님은 많은 사랑을 경험한 걸까.

"……이러니저러니 해도 선생님은 이해해주시네요."

"저런 아리사카 학생의 모습을 보면 이번에 세나 학생이 내린 판단이 성급하다고 볼 수 없습니다. 저도 그건 동의하겠습니다."

"그렇다면──."

"하. 지. 만! 제 개인의 속은 복잡하네요. 정말이지! 대담한 일을 해주셨어요!"

정정. 기분은 조금도 풀리지 않았다. 작년에도 칸자키 선생님 밑에서 학급 임원을 했지만, 이렇게 감정을 드러내는 건 처음 봤다.

"……그렇게 마음에 안 드세요?"

"네. 못마땅합니다. 불만입니다."

무슨 일에도 동요하지 않고 담담한 칸자키 선생님이 확연하게 눈썹을 찡그렸다.

"용서해주지 않으실 건가요?"

"사실 고등학생의 아침 귀가는 드문 일이 아닙니다. 그럴 만한 나이니까요. 다만, 자칫 잘못했다간 큰일이 났을 거예요. 그건 착각하지 말아 주세요. 어디까지나 절도 있는 교제를!"

"명심하겠습니다! 죄송합니다!"

나는 등을 곧게 펴고 확실하게 반성의 뜻을 보였다.

"……뭐, 세나 학생에 대해서는 기본적으로 믿고 있습니다. 오히려 위험한 건 아리사카 학생이죠. 연인 일이 되면 너무 정열적이라고 해야 할까, 주위를 돌아보지 않는다고 해야 할까. 그 아이에게도 저런 행동력이 있었군요."

"역시 2연속 담임교사. 요루카에 대해 잘 알고 계시네요."

정확한 평가에 나는 동의했다.

"사랑의 힘이란 무시무시하죠. 아리사카 학생에게서 저 정도의 적극성을 끌어내다니."

"요루카는 원래 뭐든 하면 잘하는 타입이니까요. 어느 의미 본래의 힘을 발휘한 것뿐이라고 해야 하나."

"사랑에 빠진 사람은 무적이라는 거겠군요. 조금 폭주하는 감은 있지만요."

칸자키 선생님은 감탄하면서도 어딘가 분해 보였다.

"그런 것까지 아세요?"

"매일 교단에 서 있으면 학생의 변화는 자연스럽게 눈치채는 법입니다. 아리사카 학생은 작년 세나 학생이 미술 준비실에 다니게 된 뒤로 변했습니다. 이제는 완전히 다른 사람이지만요."

"그렇게 달라요? 교실에서는 여전한 것 같은데요."

"틈만 나면 세나 학생을 눈으로 좇고 있으니까요."

그 모습을 떠올린 듯 칸자키 선생님의 입가에 미소가 번졌다.

"질투란 참 귀엽죠. 여자 교사와 단둘이 있는 걸 경계해서 따라올 정도이니까요."

"두 배로 설교를 듣는 제 입장은 어떻게 되는 겁니까."

"그건 자업자득입니다."

"그보다 선생님. 언제 저와 요루카가 사귄다는 걸 눈치채신 거예요?"

"확신한 건 구기대회 때입니다. 자신의 응원에 보답하듯이, 남아있는 짧은 시간에 멋진 역전 슛을 성공시킨다면 아리사카 학생이 아니어도 가슴이 설렐 수밖에 없겠죠."

"선생님도 몰래 응원해주시고 설레기도 하셨어요?"

내가 히죽거리는 걸 알아챈 선생님은 '실언입니다. 잊어주세요' 하고 쌀쌀맞은 태도로 넘기려 했다.

"기뻐해 주셨다면 저도 다친 보람이 있네요."

"그런 부분이 걱정이라고요. 세나 학생은 자신의 아픔이나 고생을 경시하는 경향이 있습니다."

칸자키 선생님은 어딘가 쓸쓸한 표정으로 중얼거렸다.

"……그게 오늘 선생님이 불러내신 진짜 이유인가요?"

나는 직감했다.

"타인의 기분을 잘 상상할 수 있는 건 당신의 강점이죠. 저도 당신의 그런 점을 높이 사서 학급 임원을 부탁한 것도 사실이고요. 하지만 너무 열심히 살피다가 타인의 아픔마저 너무 많이 떠안으려고 하지 않도록 하세요."

"과하게 공감하지 말라는 뜻인가요?"

"세나 학생은 일단 눈치를 채면 무시하지 못하죠. 해결하려고 필사적으로 노력하며, 때로는 자신이 다치는 것도 아랑곳하지 않고요. 저는 그게 걱정입니다."

선생님이 말하는 건 작년 여름에 있었던 사건이겠지.

당시 농구부였던 나는 타교와의 연습 시합에서 일어난 싸움으로 인해 농구부를 그만두게 되었다. 팀메이트인 나나무라 류를 지키기 위해서 한 행동이다. 후회는 없다.

뛰어난 재능이 질투나 쓸데없는 트집 때문에 망가지는 걸 용서할 수 없었다.

하지만 칸자키 선생님은 내 퇴부 처분을 뒤엎지 못한 것을 아직 신경 쓰고 있는 모양이다.

"선처하죠. 염려해주셔서 감사합니다."

나는 선생님의 말을 마음에 새겼다.

"그렇게 해주세요. 참견은 적당히 하라는 뜻입니다. 자각 없는 친절이 엉뚱한 결과를 낳기도 하니까요. 그렇지 않으면 또 아리사카 학생이 질투할 겁니다."

묘한 당부에 나는 '윽' 하고 말문이 막혔다.

"……세나 학생. 설마 이미 짐작 가는 게 있는 겁니까?"

선생님의 눈이 가늘어졌다. 나는 학생 지도실에서 도망치듯 빠져나왔다.

◇ ◇ ◇

학생 지도실의 문을 꾹 닫은 나는 서둘러 복도 구석까지 달려가 몸을 숨겼다.

"……진짜 칸자키 선생님은 왜 저렇게 날카로운 거야?"

뜻밖에 정곡을 찔리는 바람에 내 심장이 쿵쿵 뛰고 있다.

어제 요루카에게 차인 잠깐의 틈을 노렸다는 듯이 같은 학급 임원인 하세쿠라 아사키가 나에게 고백을 했다.

직후에 나타난 요루카가 나와 사귄다는 것을 열렬하게 고백하자 아사키는 선뜻 물러났다. 아사키의 그런 어른스러운 태도는 정말로 존경한다.

"앗~~~?! 연인 선언 너무 성급했나? 오판이었냐! 실수한 거냐, 세나 키스미!"

사람이 없으니 잘 됐다고 소리쳤다.

일방적인 이별 선고, 아사키의 기습 고백, 여기에 수라장에서 이어진 관계 회복으로 내 감정 곡선도 상당히 들쭉날쭉 개판이었다.

솔직히 그 기세와 열기가 떠미는 대로 연인 선언을 해버린 것도 있다.

하지만 사귀는 걸 공표하면 요루카에게 고백하는 녀석이 줄어들 것이라는 단순한 장점도 있다.

연인이 있는데도 불구하고 굳이 들이댄다는 건 어지간히 자신감이 넘치거나, 대책 없는 막무가내거나, 혹은 마음을 억누르지 못했던 순수한 사람이겠지.

어쨌거나 그런 게 줄어들면 요루카의 정신적 부담도 줄어들 것이다.

──라는 건 반은 사실이고, 반은 명분이다.

사실은 내 독점욕도 있다.

미인이니까 어쩔 수 없다고는 해도, 다른 남자가 연인에게 수작을 부리는 건 솔직히 기분이 편하지 않았다.

"모르겠다. 요루카의 그 반응은 아마 부끄러워서겠지만, 그래도 불안하다고────?!"

실제로 난생처음으로 여자친구가 생겼기 때문에 나도 상당히 들떠있었다.

경험이 부족하다 보니 상대방의 마음을 확신할 수 없다.

오히려 너무 많이 생각해서 괜히 더 고민한다.

"으으, 하루라도 연락을 못 하는 건 쓸쓸한데."

사귄 뒤로는 라인으로 매일 대화했다.

메시지가 오면 바로 답장. 그게 일과가 되었다.

그게 갑자기 금지당하자 정신적으로 타격이 상당하다.

"선생님 앞이니까 하루 정도는 참아야겠다고 멋을 부렸지만, 심기 불편 모드가 오래 가면 어떡하지……."

설마 연인 선언이 계기가 되어 연락 금지령이 떨어지다니 예상하지 못했다.

주머니에서 스마트폰을 꺼내 요루카의 이름을 터치했다.

"뻔뻔하게 메시지를 보내버릴까. 아, 하지만 읽씹 당하는 건 무서운데…….”

학생 지도실에서 해방되었다는 가벼운 보고를 보낼지 말지조차 고민이 되었다.

“하다못해 사과 한마디 정도는 보낼까. 의외로 선뜻 용서해줄지도 몰라. 아니, 하지만 기분이 안 좋을 때 괜한 짓을 해서 불에 기름을 붓는 것도 좀. 으음, 시킨 대로 하루는 참을까?”

누가 이럴 때의 올바른 대응법을 알려줘!

손가락이 메시지를 입력하지 못한 채 복도에서 끙끙 앓고 있었더니 등 뒤에서 목소리가 날아왔다.

“복도에서 소리치질 않나 고민하질 않나 참 바쁘네요. 수상한 사람인가요?”

들어본 적 있는 여자아이의 목소리였다.

놀리는 듯한 말투에는 어딘가 나를 얕보는 듯한 기척이 느껴졌다.

그런 맹랑한 태도로 나를 대하는 여자라면 딱 한 명 짐작 가는 사람이 있었다.

하지만 그 사람이 여기에 있을 리가 없는데.

“――――――.”

나는 목소리의 주인을 확인하기 위해 천천히 돌아보았다.

해 질 녘의 복도에 서 있는 사람은 잘나가는 요즘 세대라는 느낌의 여자 고등학생.

밀크티 색으로 염색한 밝은 머리카락은 어깨 위까지 내

려가는 길이이고, 살짝 뻗친 듯이 세팅한 스타일링이 경쾌하다. 반들거리는 입술에 자연스러운 화장. 눈에 잘 띄지 않는 작은 목걸이를 하고 있다. 목의 단추를 잠그지 않아서 쇄골이 보인다. 리본 타이도 느슨하게. 교복 아래에는 얇은 검은색 파카를 입었고, 지퍼는 명치 부근까지만 올려 놨다. 짧게 줄인 치마 아래로 뻗어있는, 너무 가늘지도 굵지도 않은 건강한 다리. 발목까지 오는 짧은 양말 탓인가 한층 더 길어 보인다.

교복을 과하게 어레인지해서 본인 나름의 패션으로 소화해냈다.

그리고 아직 새것으로 보이는 실내화.

"1년 만이네요, 키이 선배."

"……사유?"

"맞아요. 놀랐어요?"

"정말로 유키나미 사유야?"

"왜 풀네임을? 설마 제 얼굴 잊어버린 건 아니죠?"

그렇게 말하며 다가온 사유가 내 얼굴을 올려다보았다.

부드럽게 코끝을 간질이는 향기는 확실히 사유가 좋아하는 샴푸의 냄새였다.

"아니, 기억하지. 당연히."

그녀의 이름은 유키나미 사유.

나와 같은 중학교, 심지어 농구부의 1년 아래 후배였다.

그런 그녀가 에이세이 고등학교의 교복을 입고 내 앞에 나타났다.

내가 학생 지도실 앞에서 스마트폰을 만지며 기다리고 있었더니 갑자기 문이 열렸다.

안에서 뛰쳐나온 사람은 같은 반의 아리사카 요루카. 별명은 요루요루.

"어라? 요루요루만?"

"미야우치? 왜 여기에?"

"친구가 우울해하면 위로해주려고 생각했는데, 그럴 필요는 없어 보이네. 스미스미 쪽은 계속 혼나는 중이야?"

"키스미는 조금 더 반성해야 해!"

요루요루는 뺨을 부풀리며 화를 냈다.

"기분 되게 안 좋네. 그렇게 연인 선언이 싫었어?"

남자친구를 도와주기 위해 용감하게 동석해 놓고 결국 혼자 나온 요루요루.

"싫다기보다는 난감해……. 다들 나와 키스미가 사귀는 걸 알게 된다니."

청순가련 미소녀가 갑자기 허둥거렸다.

그 격차에 성별 가리지 않고 마음이 동하는 게 있었다.

"요루요루는 비겁해. 뭘 해도 귀엽잖아."

"어? 이상해?"

"아니, 장점이야. 쿨뷰티인 요루요루의 그런 부분은 귀중하니까."

나는 인형처럼 예쁘게 생긴 친구가 보여주는 감정적인 일면을 훈훈한 마음으로 받아들였다.

"저기, 미야우치. 이렇게 된 거 이야기 좀 들어주지 않을래?"

그녀가 먼저 요청하다니 별일이다.

"스미스미를 기다리지 않아도 돼?"

"오늘은 키스미 혼자 돌아가게 할 거야. 조금 따끔한 맛을 보지 않으면 기어오르니까."

"혼자 돌아가는 게 따끔한 맛이라……."

요루요루에게는 고작 하루를 연인과 함께 하교할 수 없는 게 괴로운 모양이다.

겨우 그걸로 진짜 벌이 될 거라고 생각하는 거라면 얼마나 스미스미에게 푹 빠져있는 건지.

"어라? 너무 심했나? 무심결에 라인도 금지라고 해버렸는데……."

이쯤 되면 답이 없다.

"별거 아니야. 게다가 내일이면 용서할 거잖아?"

"으, 응. 나도 어떻게든 오늘 하루는 참을 거야."

노골적으로 시무룩해진 학교 최고의 미인.

"아니, 요루요루 쪽이 이미 힘들어 보이거든!"

나는 오버핏으로 입은 파카의 남아도는 소매로 요루요루를 찰싹 때리면서 태클을 걸었다.

"빨라! 너무 빠르다고. 지금 막 학생 지도실에서 나왔는데, 벌서 후회?! 그렇게 충동적으로 움직이는 건 스미스미를 찼을 때와 전혀 변한 게 없잖아!"

헤어질 뻔한 두 사람의 관계 회복을 도와준 몸으로서는 혼내야만 하는 일이었다.

"나도 알아. 냉정해져야 한다고 생각해도 나도 모르게 입이……."

"다음은 안 도와줄 거야."

나는 일부러 매정하게 위협해보았다.

그러자 안색이 달라진 요루요루가 당황했다.

"그러니까, 미야우치! 상담하게 해줘. 제발!"

"어쩔 수 없구나, 요루요루는. 좋아, 지금부터는 남자 빼고 여자들만의 시간이야."

나는 나의 작은 가슴을 두드렸다.

기뻐하는 요루요루의 가슴이 크게 흔들렸다.

계단을 내려가려고 했을 때, 요루요루의 발이 갑자기 멈췄다.

"왜 그래?"

"──왠지 누군가가 보고 있는 느낌이 들어서."

나도 뒤를 돌아 복도를 둘러보았지만 아무도 없었다.

"요루요루는 늘 누가 보고 있지 않아?"

"평소와는 달라. 뭐지, 극히 최근에 어딘가에서 느낀 것 같은데…….”

　주목을 받는 게 운명인 것 같은 미소녀는 진지한 얼굴로 기억을 되짚는 모양이었다.

　“시선을 기억할 정도라면 어지간히 강렬했나 보네…….”

　“내가 남의 시선에 민감한 것도 있다고 보지만.”

　“불안하다면 선생님에게 상담하러 돌아갈까?”

　“그렇게까지 일을 키우지 않아도 괜찮아.”

　그렇게 말하면서도 요루요루는 복도를 뒤지듯이 자꾸만 돌아보았다.

　“걱정거리가 있다면 언제든지 말해. 스미스미에겐 말하기 불편해도 같은 여자에게는 가능한 것도 있을 테니까.”

　“응, 고마워. 미야우치가 있어서 다행이야.”

　우리는 승강구로 향했다.

　걸어가면서 요루요루는 현재의 심정을 털어놓았다.

　“키스미가 사귄다고 말했으니까 이젠 숨길 필요가 없어졌잖아?”

　“응.”

　“즈, 즉 미술 준비실 밖에서도 그를 연인으로서 대할 수 있다는 건데. 키, 키스미와 스킨십하고 싶은 걸 못 참을지도…….”

　“무진장 심각한 얼굴이길래 무슨 상담인가 했더니 참으로 귀여운 고민이잖아.”

　나는 맥이 탁 풀렸다.

"이거 그렇게 가벼운 고민인 거야?"

"명백하게 말할 수 있는 건, 24시간 내내 애정행각을 걱정하는 건 좀? 요루요루, 너무 발정했어."

"그렇지. 안 돼, 밉살맞은 닭살 커플이 되어버릴 뻔했어."

"입꼬리가 하늘을 찌르는데. 이미 늦은 거 아니야?"

"뭐?! 어떡하지? 어떻게 해야 할까? 미야우치!"

요루요루는 두 손으로 얼굴을 감싸며 흐물흐물 풀리는 표정을 필사적으로 숨기려 했다.

"요루요루가 원하는 대로 하면 되잖아."

"눈 돌리지 마. 버리지 마. 포기하지 마. 친구잖아!"

요루요루는 내 소매를 붙들고 도움을 요청했다.

"그렇지만, 그냥 염장질이잖아?"

나는 웃을 수밖에 없었다.

"그런 적 없어! 정말로 난감하단 말이야."

"아하. 스미스미는 이 성대한 반전 매력에 당한 건가. 납득."

그야 극상의 미소녀가 이렇게 의지하면 어떤 사람이라도 빠져버리겠지.

"멋대로 납득하지 마! 내 마음이 폭발할 것 같다고! 도와 줘!"

"연애 사정에 참견할 만큼 눈치 없는 사람이 아니라서."

"미, 미야우치!"

울먹이는 요루요루를 놀리는 건 즐겁다. 그렇기 때문에

지금 상황에 안심이 되었다.

"……정말, 제대로 원래대로 돌아가서 다행이야."

"응. 이제 절대로 헤어지겠다는 말은 안 할 거야. 키스미가 상처받는 건 싫어."

요루요루도 신물이 난 모양이다.

나중에 듣고 깜짝 놀랐다. 놀랍게도 요루요루가 충동적으로 이별 메시지를 보낸 뒤, 같은 학급 임원인 하세쿠라 아사키가 스미스미에게 고백했다나.

어째 아사키는 스미스미와 거리가 가깝구나, 정도로는 느꼈지만 설마 고백까지 할 줄은 몰랐다.

딱 좋은 타이밍을 찾아내는 연애 후각은 정말 무시무시할 정도다.

또, 그런 상황이 되었는데도 불도저처럼 남자친구를 되찾아온 요루요루도 참 대단하다.

"애초에 이상한 소문을 퍼트린 범인이 나쁜 거니까."

"범인 찾기는 솔직히 관심 없어."

"요루요루는 화 안 나?"

"물론 처음에는 짜증 났지. 남의 사생활을 훔쳐보고 멋대로 퍼트렸으니까. 하지만 결과적으로 키스미와의 인연은 깊어졌다고 생각해."

개운하게 털어낸 듯한 요루요루의 옆얼굴에는 조금 전과 같은 겁먹은 기색은 없었다.

"──아, 키스미에게 전할 말 있었는데 잊어버렸네."

로퍼로 갈아신고 난 뒤, 요루요루는 스마트폰을 꺼냈다가 굳어버렸다.

"오늘은 라인 금지……."

"중요한 용건이라면 연락해도 괜찮지 않아?"

"그럼 반성이 안 되잖아. 내일 전하면 돼."

"정말? 이 틈에도 스미스미 앞에 새로운 여자아이가 나타날지도 몰라."

나는 반쯤 농담으로 그런 소릴 했다.

"협박하지 마. 오늘 아침에 연인이라고 선언했는데. 그럴 사람이 어디 있겠어."

"그렇긴 해."

"사유? 진짜? 너 에이세이에 합격했었어? 대단한데! 왜 말 안 했던 거야! 축하해야겠다! 밥 사줄게!"

1년 만에 재회한 중학 시절 후배. 이름은 유키나미 사유.

집도 가깝고, 심지어 같은 농구부 소속이라 매일같이 등하교를 함께했다. 사유는 아침에 약하기 때문에 아침 연습에 지각하지 않도록 내가 매일 아침 데리러 갔었지.

"키이 선배, 너무 호들갑스러워요. 좀 징그럽다고요."

"그렇게 말하지 마. 또 선후배가 되어서 나도 기쁘거든!"

내가 이래저래 돌봤던 애였기 때문에, 이런 식으로 재회하니 나도 모르게 기분이 마구 들떴다. 기쁜 건 기쁘니까 어쩔 수 없다.

"……예상했던 것보다 더 기뻐하니까 좀 놀라운데요."

내가 평소의 나답지 않게 잔뜩 들떠 있자 사유는 살짝 움츠러들었다.

"하하. 공부 잘 못 하면서, 열심히 했구나."

나는 감동과 감회가 교차해서 자꾸 감개무량해졌다.

"언제 이야기를 하는 건데요. 이렇게 합격한 이상 저도 동등하거든요! 계속 선배랍시고 거들먹거리지 마세요."

"미안. 사유라는 걸 알자마자 갑자기 옛날 감각이 돌아왔거든."

"아 네, 그러십니까. 잠깐, 저라는 거 몰랐어요?!"

사유는 뜻밖이라는 양 버럭 소리쳤다. 아무래도 내 태도가 마음에 들지 않은 모양이다.

"아니, 처음엔 사유라는 걸 몰라서 좀 긴장했어. 예뻐졌네."

중학생 때부터 인기가 많았긴 해도, 한층 매력이 늘어난 것 같았다.

"……감사요. 그러는 키이 선배는 전혀 변한 게 없네요. 옛날이랑 똑같고. 조금은 성장하라고요. 짜증 나."

"하하, 사유의 독설도 반가운데. 하지만 오랜만이야. 이웃인데 졸업한 뒤엔 전혀 만나지 못했잖아."

"계속 서서 이야기할 거예요? 밥 사준다면서요? 빨리 이동하죠."

순식간에 인내심을 날려버린 사유가 재촉했다.

사유는 뭐라고 해야 하나, 옛날부터 좀 성격이 급한 구석이 있었다. 마음에 안 드는 게 있으면 바로 다른 쪽으로 관심이 넘어간다.

"미안해. 그럼 역 앞까지 가자."

"잠깐, 키이 선배. 절 어디에 데려가려고요?"

"그야 우리가 간다면 뻔하지 않겠어?"

나는 씩 웃었다.

통학로를 걸어가 주택가에 있는 우리의 집을 지나쳐 역 앞까지 나왔다.

"뿌우! 입학 축하라면 고급 불고기가 좋은데!"

"아쉽게도 이 근방에 고급 불고기집은 없어. 보통 고등학생이 방과 후에 체인점 말고 다른 곳에 가겠냐? 애초에 나에겐 그럴 돈도 없고."

"저는 누가 사줄 때는 철저하게 뜯어먹거든요!"

자랑하듯이 브이 사인하지 마라.

"날 파산시킬 생각이야?"

"이렇게 귀여운 후배를 독점할 수 있는걸요. 말하자면 데이트죠. 패스트푸드인 햄버거 따위로 축하하라니 너무 저렴하다고 보는데요!"

우리가 온 곳은 빨간색과 노란색 간판으로 친숙한 세계적인 햄버거 체인점이다.

각자 좋아하는 햄버거에 감자튀김과 음료 세트를 주문했다.

옛날부터 부활동을 마치고 돌아가는 길에 배가 출출할 때는 둘이서 저지를 입은 채 먹으러 왔었다.

"──그렇구나. 내 보잘것없는 축하로는 부족하단 말이지. 그럼 네 햄버거도 내가 먹으마! 내놔!"

나는 테이블 반대쪽으로 손을 뻗어 트레이째로 빼앗으려 했다.

"딱히 안 먹는다고 한 적 없거든요! 아, 감자튀김도 가져가지 마요!"

"참나, 배부른 소리 하긴. 얌전히 먹기나 해."

"키이 선배야말로 2인분 먹으면 살쪄요. 옛날처럼 부활동을 하는 것도 아니니까 금방 배가 출렁출렁해질 텐데."

내 배를 손가락으로 쿡쿡 찌르는 듯한 제스처로 도발한다.

어쩔 수 없이 나는 기간 한정 햄버거를 먹으며 감자튀김을 사유의 트레이에 돌려놓았다.

"어라? 내가 농구 안 하는 거 알아?"

"농구부 체험 입부하러 갔을 때 없었으니까요. 고등학교에서는 귀가부인가 했죠."

열심히 하는 운동부일수록 아무래도 상호 감시적인 분위기가 형성되므로, 부활동을 그만두면 배신자처럼 보는 경우도 있다. 지금 생각해 보면 그런 건 참 안 좋은 건데 말이지.

"나는 나 나름대로 지금 바빠. 너야말로 농구부에 안 들어갔어?"

"뿌우! 스포츠 소녀는 졸업했습니다! 일일이 옛날의 저를 끌어오지 마세요."

이 후배는 마음에 들지 않는 일이 있으면 금방 뺨을 빵빵하게 부풀리고는 '뿌우!' 하며 귀엽게 우는 소리를 내는 습관이 있다.

"아까워라. 나와 달리 사유는 재능이 있는데."

처음 유키나미 사유의 플레이를 봤을 때, 명백하게 남들보다 특출난 센스를 느꼈다.

그건 지금도 뚜렷하게 기억하고 있다.

눈이 핑핑 돌 만큼 공수 교대가 빠르게 이뤄지는 농구라는 경기에서, 그녀의 승리욕은 훌륭하게 맞아 들어갔다. 그 탁월한 패스 센스와 속도감 넘치는 드리블로 적도 아군도 농락하는 현란한 플레이 스타일을 확립. 득점력이 좋은 포워드로서 그 과감한 공격으로 승리에 공헌했다.

평소엔 친구들과 시끌벅적 떠드는 평범한 소녀지만 코트에 서면 위풍당당하게 활약한다는 반전 매력에 마음을 빼앗기는 남자가 속출했다.

"매일 땀투성이로 뻗어있는 건 중학생 때 실컷 했으니까요. 고등학교에선 인생을 즐기면서 재미있는 3년을 보내기로 정했어요!"

사유의 의지는 아무래도 확고한 모양이다.

햄버거를 반쯤 먹은 시점에서 나는 계속 궁금했던 걸 질문했다.

"그런데 벌써 4월도 끝나가잖아. 왜 에이세이에 입학한 걸 말하지 않은 거야?"

"키이 선배에게 서프라이즈를 하고 싶어서요. 놀랐어요?"

"그야 놀랐지. 하지만 한 달 가까이 버틴다고?"

합격한 시점이나, 하다못해 4월 초 정도에라도 가르쳐줄 수 있었을 텐데.

"오히려 왜 일찍 보고를 받는 게 당연하다고 생각하는 건데요? 믿음직한 선배 행세를 하고 싶어서? 키이 선배, 자기 평가가 너무 후해요. 그렇게 우선순위가 높지 않거든요!"

"섭섭한데. 옛날에 널 열심히 돌봐줬는데."

"그건 이른 아침부터 제 아늑한 잠을 방해한 스토커 행위를 말씀하시는 건지?"

"아침 연습 때문이거든!"

"그야 키이 선배에겐 자다 깬 미소녀를 에스코트할 수 있는 최고의 역할이었겠죠. 하지만 저는 아침에 약하다고요."

"당당하게 으스대지 마."

입부 초, 그녀는 아침 연습에 빠지는 일이 많았다.

보다 못한 내가 이웃에 살고 있기도 하니까 매일 아침 데리러 가게 되었다.

"매일 라인으로 깨울 때마다 진짜 죽여버리고 싶었다고요. 심지어 메시지도 일어나, 간다, 빨리해 세 가지 패턴의 로테이션이라니 재미도 감동도 없고. 어휘력이 부족한 초등학생이세요?"

"네가 준비할 때까지 늘 기다려줬잖아. 그러는 동안 내가 유키나미네 집에서 쓰레기를 버릴 때 몇 번을 도와줬다고 생각하는 거야? 아, 그러고 보면 사유의 어머니는 잘 지내셔?"

인터폰을 누르면 사유의 어머니가 생글생글 웃는 얼굴로 맞아주었다.

젊어 보이는 얼굴에 사유를 쏙 빼닮아서, 처음에는 영락없이 언니인 줄 알았을 정도다. 사유가 내려오는 걸 기다리는 동안 쓰레기 내놓기나 잡담을 하는 사이에 친해졌다.

취미는 과자 만들기. 곧잘 수제 쿠키 등을 받았는데, 전부 아주 맛있었다.

"오랜만에 재회해놓고 제 엄마의 근황을 묻고 싶어 하다니 징그러워요. 머리가 의심되네요. 그거예요? 마마보이나 모성애를 추구하는 욕망? 언제부터 연상 취향이 된 건데요?"

"그냥 잡담이거든."

어디에 저렇게 화낼 포인트가 있었던 건지.

"우리 엄마는 키이 선배를 마음에 들어 해서 아침에 데리러 오지 않게 된 걸 섭섭해했어요."

"그건 뭐, 감사하네. 우리 동생도 사유를 만나고 싶어 했어."

"에이는 지금 초등학교 4학년이죠? 와, 많이 커서 미인이 되었겠네."

"키는 컸어도 알맹이는 여전히 어린애라서 손이 많이 가."

"그건 키이 선배에게 어리광부리는 거예요. 저는 외동이라 오빠가 있는 걸 동경하거든요. 아, 딱히 키이 선배가 오빠가 되어달라는 의미는 아니니까요. 혹시나 해서."

"아무도 그런 생각 안 했거든. 동생은 에이 한 명으로 충분해."

"그렇게 귀여운 동생을 두고 복에 겨운 소리를."

사유는 아이스티에 꽂은 빨대를 만지작거렸다.

"또 시간 있을 때 에이와 놀아줘."

"……괜찮은 거예요?"

사유는 놀란 얼굴로 이쪽을 쳐다봤다.

"당연하지. 이웃이고 이렇게 같은 학교에 다니잖아."

"그럼 조만간 실례할게요."

"그래. 에이도 기뻐할 거야."

"후후, 키이 선배는 팔불출이라니까."

그렇게 말하며 사유는 햄버거를 맛있게 먹었다.

뭐야. 고급 불고기가 아니어도 기뻐하면서 먹잖아.

햄버거는 먹었지만 감자튀김은 다 먹지 못하겠다며, 사유는 남은 감자튀김을 나에게 넘겼다.

"위장이 줄었네. 현역일 때는 싹싹 비웠으면서."

"이제는 체중에 민감하거든요. 키이 선배도 무신경한 소리 하지 마세요."

나는 나와 사유의 감자튀김을 둘이서 편하게 먹을 수 있도록 트레이 위에 쏟았다.

"그보다 키이 선배. 제 교복 모습, 어울려요? 에이세이의 교복은 아주 예뻐서 꼭 입고 싶었거든요."

"교복을 노리고 입학한 거야? 대단하네."

에이세이 고등학교는 몇 년 전까지 교사를 대폭으로 증·개축했다.

그에 맞춰서 교복도 리뉴얼.

국내외로 인기인 브랜드 〈이코모치〉의 디자인이 채용되어 당시부터 크게 화제가 되었다. 얼핏 보면 심플하고 기본형인 디자인의 블레이저 교복이지만, 뜯어보면 대단하다. 세세한 부분까지 장인정신을 발휘한 품격 있는 디자인에 기능성이나 내구도를 신경 쓴 마무리, 그리고 학생이 입었을 때 완성되는 아름다운 실루엣.

너무 아름다운 교복이라며 주목을 받았고, 여자 수험지망자의 수가 급증했다.

거기에 박차를 가한 것이 당시 학교 팸플릿에서 그 새로 바뀐 교복을 입은 학생회장이 말도 안 될 만큼 예쁜 여학생이었던 것도 수험자수 급증에 공헌했다는 소문이 자자하다.

그런 전설이 지금도 남아 있으니 어지간히 미소녀였던 거겠지.

뭐, 요루카를 능가할 정도는 아니겠지만.

"패션은 중요해요. 3년 동안 기분 좋게 입고 싶으니까요. 그리고 키이 선배. 달리 할 말 있지 않아요?"

사유의 눈이 칭찬하라고 말 없는 압박을 가했다.

"아주 잘 어울려."

"······의외로 순순히 칭찬해주네요. 뭔가 김이 샜어요."

귀엽지만 귀염성은 없는 후배다.

"원하는 대로 교복을 입게 되어서 다행이네. 그런데 어떤 편법을 써서 입학한 거야?"

거리낌 없는 거리감 때문에 나는 중학생으로 돌아간 것처럼 물었다.

"뿌우! 제대로 공부해서 합격했거든요! 정면으로 당당하게 입학했어요!"

"시험 볼 때마다 나에게 울면서 매달렸던 사유가 자력으로 합격이라니, 아직도 믿어지지 않아. 시험 전에 곧잘 이렇게 모여서 공부했었잖아."

사유는 기본적으로 단기 집중형이기 때문에, 매일 차분하게 앉아서 차근차근 하는 건 힘들어한다.

그 때문에 내가 요점만 가르쳐주고 출제될 법한 부분을 중점적으로 복습해서 시험을 넘겨왔다. 매번 시험을 앞두고 당황하면서도 단기간에 제대로 결과를 내놓는 게 사유의 대단한 점이다.

"뿌우! 얼마나 절 우습게 보는 건데요! 제대로 에이세이에 들어왔잖아요!"

사유는 '어때요. 대단하죠?'라는 듯 자랑스러워 보였다.

"……그러고 보면 중3 때의 사유에 대해서는 전혀 모르네. 나도 에이세이에 입학해서 갑자기 학급 임원을 맡는 바람에 정신이 없었고."

아무래도 환경이 바뀌면 기존대로 가지 않는 법이다.

매일 얼굴을 보던 사람과 만나지 않게 되거나, 새로운 생활에 바빠서 휩쓸리는 사이에 그게 또 일상이 된다.

"키이 선배는 부활동 은퇴하자마자 연락을 끊어버렸잖아요. 그게 졸업한 뒤에도 계속, 계에에속 그대로였고!"

유독 '계에에속' 하면서 강조하는 후배.

원래 나는 사무 연락 같은 건 꼬박꼬박해도 개인적인 수다는 거의 하지 않는 편이다.

라인을 자주 사용하게 된 것은 요루카와 사귀게 된 뒤부터다.

"어? 너 나와 놀고 싶었어?"

"아니에요! 전 친구 많거든요? 남자에게도 인기 많거든요? 딱히 놀러 갈 상대는 부족하지 않으니까요!"

"그래, 잘 알지. 오히려 사유야말로 점점 라인을 줄였잖아."

"그건 제가 쉴 겸 밥 먹자고 해도 '미안. 지금은 수험 공부에 집중하고 싶어'라며 진지하게 거절하니까 그렇죠. 사양할 만도 하지 않아요? 그러니까 라인도 참았는데."

"용건도 없는데 소소한 것만 자꾸 보내니까 그렇지."

밤늦은 시간에 동영상 주소를 보내서 깬 적도 종종 있었다.

"모처럼 가혹한 수험 공부에 휴식을 주기 위해서 재미나 감동을 나눠준 거였는데 말이죠."

"재밌으면 다른 영상까지 보기 시작해서 그만 잠을 못 자게 된단 말이야!"

스마트폰을 하다 보면 흔히 겪는 현상이다. 한번 보기 시작하면 계속 보게 된다.

"그 정도는 알아서 해결하세요!"

시선이 부딪쳤지만, 나는 금방 꺾였다.

"……그만하자. 서로 무사히 합격했으니까."

"그래요. 너무 시끄럽게 굴면 주위 손님에게 폐가 되니

53

까요."

나도 사유도 일단 음료를 마셔서 목을 축였다.

"사유와 대화하면 화제가 끊이질 않는다니까."

"그러게요. 키이 선배 때문에 수다가 안 끝나요."

"나 때문이냐?"

"네."

선배인 나에게도 이렇게 털털한 태도로 대하는 것처럼 유키나미 사유는 겁이 없다.

예쁜 얼굴에 밝은 성격이 어우러지니 주위에 좋은 인상을 준다. 농구부의 활약도 더해지자 그녀를 노리는 남자가 많았다.

일부러 부활동 연습이 끝날 때까지 기다렸다가 고백하려는 남자도 있었다.

그럴 때 사유는 멋대로 나를 방패로 써먹었다.

하굣길이 겹치는 내 옆에 딱 달라붙어서, 그런 남자들이 말을 걸 기회를 만들지 못하게 한 것이다.

덕분에 사유를 좋아하는 남자에게서 제법 질투를 받았다.

팀메이트에게선 유키나미 사유 전속 매니저라며 놀림도 받았다.

한쪽은 여자 농구부의 주전, 나는 남자 농구부의 후보.

당시 '남자 주제에 한심하기는'이라며 노골적으로 무시하는 선배도 있었다.

나중에 안 것이지만 그 선배도 사유에게 관심이 있었다

고 한다. 그래서 친하게 지내는 것처럼 보이는 내가 거슬렸던 게 틀림없다.

그 선배가 졸업하기 전에 고백했다고 사유가 투덜거렸었다.

『왜 거절했어?』

『딱히 키이 선배랑은 상관없잖아요.』

『발끈하지 말고. 아, 혹시 달리 좋아하는 사람이 있다거나?』

『그렇다면 어쩔래요?』

『진짜? 누구? 같은 반? 아니면 설마 농구부? 궁금해!』

『……특별히 가르쳐줄까요?』

『괜찮아?』

『제가 좋아하는 사람은——.』

"——여보세요. 키이 선배, 듣고 있어요? 갑자기 왜 멍해지고 그래요?"

중학 시절의 사유가 갑자기 지금의 사유로 바뀌었다.

사유가 몸을 앞으로 내밀고 내 눈앞에서 손을 흔들고 있었다.

"미안. 잠깐 멍했어."

"눈앞에 깜찍한 여자애가 있는데 딴생각이라니, 키이 선배도 참 어벙하다니까요."

사유는 킬킬 웃으면서 자리에 앉았다.

"……응, 하지만 확신했어. 역시 같이 있으면 재밌네."

웃고 있던 사유의 얼굴이 별안간 진지해졌다.

"사유?"

"키이 선배, 좋아해요. 저랑 사귀어주세요."

눈앞에 앉아있는 후배는 별안간 사랑 고백을 던졌다.

나는 아주 조금 남아있던 콜라를 단숨에 빨아 마신 뒤 트레이에 놓았다.

"──그거, 몇 번째의 가짜 고백인 줄 아냐?"

나는 오랜만에 날아온 익숙한 농담에 질린 표정을 지었다.

"들켰네요. 여고생으로 랭크업 했으니까 슬슬 먹히려나 했는데."

"먹히긴 뭘 먹혀! 이 악동 같으니, 적당히 하지 않으면 진짜 큰코다친다?"

"괜찮아요. 키이 선배 말고 다른 사람에겐 남용하지 않거든요."

"오히려 나에게 남용하지 말아야지."

나는 힘이 쭉 빠진 목소리로 애원했다.

"에이, 저랑 키이 선배 사이인데 이제 와서 농담을 진지하게 받지 말라고요."

사유는 '참 순진하다니까' 하고 나를 손가락질하며 웃었다.

그렇다. 유키나미 사유는 천연덕스럽게 '키이 선배, 좋아해요'라는 거짓 고백을 해서 나를 놀려먹으려 드는 후배이다.

여자는 무섭다.

중학생 때 예의 선배에게서 고백받았다는 보고를 한 직후에 거짓 고백을 날린 뒤로는 종종 이렇게 나를 놀리게 되었다.

쓸데없이 예쁘게 생기긴 해서 어쩔 수 없이 동요하게 된다.

"공백이 있어서 그런가, 지금 그건 심장에 안 좋았어."

"와아, 지금 표정 아주 나이스였어요."

"날 놀리는 게 재밌어?"

"네. 아주. 역시 키이 선배를 갖고 노는 건 최고예요."

만족스러운 표정인 사유를 향해 나는 떨떠름하게 입술을 일그러뜨렸다.

"──사유. 진지하게 부탁할게. 그런 건 이제 그만해. 지금 나에게는 사귀는 여자친구가 있어."

나는 연인이 있다는 걸 밝혔다.

사유는 놀라거나 축하한다는 말도 없이, 그저 불쌍한 사람을 보는 눈빛을 보냈다.

"…………아무리 인기가 없다고 해도 존재하지 않는 여자친구를 자랑하는 건 찌질할 뿐이거든요. 그렇게 허세 부리지 마세요. 오래 알고 지냈고 저는 친절하니까 지금 한 망언은 흘려넘겨줄게요. 잘됐네요, 키이 선배."

동정적인 태도의 사유는 신경 쓰지 말라며 내 어깨를 두드렸다.

"진짜거든! 현실이거든! 실존하거든!"

비보. 후배가 나에게 여자친구가 생겼다는 걸 믿어주지

않는다.

"잘 들어요. 그건 키이 선배의 꿈이에요. 망상의 산물이에요. 비틀린 사춘기의 환각이에요. 그 연인은 픽션이고 실재하는 인물과는 상관이 없어요."

"날 죽도록 찌질한 인간으로 취급하지 마. 진짜로 연인 있다고. 이름은——."

"아리사카 요루카 선배, 였던가요. 알아요, 엄청 예쁜 선배죠."

사유는 내 말을 가로막고 당연하다는 듯 요루카의 이름을 입에 담았다.

"역시 1학년인 너마저 알고 있구나."

"그야 유명인이니까요. 그런 미인은 쉽게 볼 수 없잖아요. 1학년 사이에서도 2학년에 대단한 미인이 있다고 화제였어요."

사유는 별로 관심이 없다는 듯 말했다.

"역시 요루카야."

아침 귀가 소문이 있었다고 해도 연인 선언은 겨우 오늘이다.

그게 신입생인 사유에게까지 알려졌으니, 요루카의 지명도가 얼마나 큰지 실감했다.

"그런 절벽 위의 꽃이 촌스러운 키이 선배와 사귄다니, 완전히 수수께끼인데요. 대체 어떤 약점을 잡은 거예요?"

사유의 솔직한 감상에 나는 웃을 수밖에 없었다.

"와, 뻔한 질문. 그렇게 비열한 짓을 하기냐."

"아님 분명 속고 있는 거예요. 그런 미인이 키이 선배 같은 남자랑 사귈 리 없잖아요. 배신의 예감이 들어요. 음모예요. 미인계일지도!"

사유는 멋대로 단정했다.

오히려 요루카에게 남자의 혼을 쏙 빼놓는 테크닉이 있다면 겪어보고 싶을 정도다.

내 연인의 매력은 전부 천연산이다. 계산이 아니라 솔직한 반응이기 때문에 치명적으로 귀엽다.

"잘 들어. 진정한 사랑이라는 건."

"우와, 진짜 있네. 연인이 생기자마자 사랑은 뭐네 하며 일장 연설을 하는 인간. 어이없어."

"시비 거는 거야?"

"당연히 걸고 있는데요."

웃는 얼굴로 태연하게 선언하는 건방진 후배.

"미안하다, 먼저 연인을 만들어서."

나는 질세라 마운팅을 시도했다.

"아뇨. 저는 기준이 높은 것뿐이라서요. 사귈 마음만 있다면 내일에라도 남자친구를 만들 수 있어요. 에이세이에 입학한 뒤로 벌써 다섯 명 정도에게 고백받았거든요. 전원 즉시 차버렸지만. 아, 귀찮아라. 빨리 이상적인 남자친구가 생겼으면."

사유가 입학한 뒤로 한 달간의 상황을 이해했다.

이 아이의 외모나 성격이라면 당연하다. 많이 본 나조차 고등학생이 된 사유의 매력에는 순간 두근거렸을 정도다. 하지만——.

"너, 정말 변한 게 없구나."

나는 오랜만에 그 시절을 떠올렸다.

중학생 때, 사유는 종종 고백을 받고는 '그 농구부의 세 나라는 선배와 사귀는 거야?'라는 의심을 사서 나에게까지 괜한 불똥이 튀었다.

사유의 가짜 고백은 '서로 귀찮으니까 그냥 저랑 사귀는 걸로 하면 되지 않아요?'라는, 참으로 타산적인 이유로 시작되었다.

딱히 그렇고 그런 시작이 있었던 건 아니다.

사유도 내가 동요하는 걸 재미있어하면서, 신이 나서 자꾸 가짜 고백을 반복했다.

남녀가 가까이 지내기만 해도 사랑에 빠진다—— 그런 절대적인 방정식이 있다면 차라리 편했을 텐데.

확실히 우리는 함께 행동하는 일이 많았다.

주위에서 쟤들 사이좋다는 말을 들으면 부정은 하지 않는다.

하지만 아무리 거리가 가까워도 나와 사유는 그냥 선후 배일 뿐이었다.

"저기, 키이 선배. 진지하게 물어보는 건데. 힘들지 않아요? 분에 안 맞는 연인이라니. 언젠가 부담이 될 것 같은데요."

"고등학생의 연애에 분수고 뭐고 있겠냐. 미숙한 청년은 늘 불안정하지. 거기에 겁먹으면 아무것도 못 하게 되잖아."

나는 나 나름대로 실감하면서 지금 최대한 노력하고 있다.

"……좀 감동해버린 제가 짜증 나요."

사유는 드물게도 진짜 분해 보였다.

"조금은 다시 봤어?"

"뿌우! 키이 선배 같은 건 금방 차여버리라지!"

정말, 내 후배는 귀엽지만 귀염성이 없다.

◇ ◇ ◇

역 앞의 패스트푸드점에서 나와도 집이 근처이기 때문에 돌아가는 길이 똑같았다.

이따금 부활동이 끝나고 귀가하는 학생과 스쳐 지나가는 와중에 키가 큰 남자가 나를 향해 주저 없이 다가왔다.

"세나, 벌써 바람이야? 제법이잖아. 아리사카에게 고자질해야지."

"죽는다, 나나무라."

농구부 연습을 마치고 집에 가는 길이라 저지를 입고 있는 나나무라 류가 씩 웃었다.

같은 반이자 신장 190cm를 넘긴 농구부의 에이스인 빅맨(Big Man).

그는 이야기하면서도 내 옆에 있는 사유를 재빠르게 체

크하고 있었다. 눈동자가 번쩍 빛났다.

"……오. 둘이 아는 사이일 줄이야."

"뭔데."

나나무라의 묘한 반응에 나는 긴장했다.

"이쪽은 혼자 쓸쓸하게 남아서 연습했는데, 너는 여자친구도 아닌 예쁜 여자애랑 데이트냐. '연인이 생기면 인기가 많아진다'는 법칙이 세나에게도 들어맞는구나. 공전의 인기 시즌 도래?"

"그런 거 아니거든."

"섭섭하잖아. 같은 남자끼리 뭘 숨기려고 그래."

사정은 다 알고 있다는 양 나나무라가 내 어깨에 손을 올리고 일부러 사유에게서 등을 돌렸다.

"나나무라. 안타깝게도 네가 기대하는 그런 관계가 아니야."

"그럼 무슨 관계인데. 네가 이런 시간에 여자와 둘만 있다는 건 아주 희귀한 일이잖아. 심지어 상대방이 아리사카가 아니라 1학년인 유키나미 사유라니."

나를 짓누르는 굵은 팔뚝이 참으로 무겁다.

"왜 나나무라가 사유의 이름을 아는 건데?"

"그야 농구부 체험 입부 때 보고 체크해놨으니까 그렇지. 내가 덩크슛을 보여주기 전에 돌아갔으니까 연락처는 못 물어봤지만."

"후배를 열심히 보는 열혈 선배로구먼."

나나무라다워서 쓴웃음이 나왔다.

"잠깐, 키이 선배. 귀여운 여자애를 두고 비밀 이야기라니 너무하지 않아요?"

사유가 볼멘소리를 냈다.

"세나. 나에게도 제대로 소개해줘."

그 말과 함께 나나무라의 팔에서 해방되었다.

"얘 이름은 유키나미 사유야. 같은 중학교 출신이고 농구부 후배였지."

나는 간단하게 사유에 대해 말했다.

"1학년의 유키나미 사유입니다. 안녕하세요."

사유는 우호적으로 웃으면서 무난하게 자기소개를 마쳤다. 키가 큰 나나무라를 앞에 두고 긴장하거나 움츠러들지 않고 좋은 첫인상을 남기는 깔끔한 인사였다.

"2학년이고 농구부인 나나무라야. 세나의 친구지. 유키나미는 가까이서 보니까 진짜 예쁘네! 1학년 중에서도 특출나게 예쁘다고, 후배들에게서 들었어."

"와, 나나무라 선배는 입발림을 그럴싸하게 잘하시네요. 어딘가의 키이 선배와는 전혀 다르게."

"날 끌어들이지 마. 어지간한 남자는 나나무라에게 못 이겨."

비교적 냉정하게 지적했다.

스포츠맨에다 얼굴도 반듯하고, 심지어 짐승남 타입인 나나무라와 비교당하는 것만으로도 잔혹한 이야기다.

"유키나미도 경험자라면 고등학교에서도 농구 안 해? 모처럼 체험 입부에도 왔었는데."

"힘들어 보이는 연습을 보니까 못 따라갈 것 같아서요."

"그렇지 않아. 지금부터라도 대환영이야. 뭣하면 내가 손수 가르쳐줄게."

"아니, 하지만 저 재능도 없으니까요."

사유는 겸손해하면서도 나나무라의 열렬한 권유를 거절하려 했다.

"나도 계속해야 한다고 보는데. 사유는 센스가 있으니까 활약할 수 있을걸."

무심코 끼어들고 말았다.

패스트푸드점에서 본인에게 할 마음이 없다는 말은 들었지만, 사유의 실력을 아는 나로서는 아무래도 아까운 기분이 들었다.

"봐. 선배인 세나가 저렇게 보장하는데. 유키나미, 다시 생각해 보지 않을래?"

나나무라도 매달렸다.

"키이 선배, 거절하려는데 쓸데없이 참견하지 말아줄래요?"

사유는 나나무라 앞이기 때문에 웃는 얼굴을 거두지는 않았지만, 어마어마하게 화내고 있었다.

"죄송합니다, 나나무라 선배. 고등학교에선 부활동을 할 마음이 없어서요."

"알았어. 강요할 수는 없으니까."

사유의 단호한 거절을 들은 나나무라도 선뜻 물러났다.

"나나무라 선배는 신사네요! 여심도 모르는 키이 선배와는 천지 차이예요."

"그러니까 나랑 비교하지 말라고."

나는 눈썹을 찌푸렸다.

"뭐, 부활동 건은 그렇다고 하고. 어때? 유키나미. 다음엔 센스 없는 세나가 아니라 나와 데이트하자."

나나무라는 입부 제안을 거절당한 직후인데도 불구하고 대놓고 사유를 꼬시기 시작했다.

이 적극성과 시원시원함은 본받아야 할 점이겠지.

매번 옆에서 보면서 감탄하게 된다.

"에이, 여러 여자에게 다 그렇게 말하는 거 아니에요?"

"그럴 리가. 유키나미에게만 하는 거야."

"권유는 영광이지만, 나나무라 선배는 인기 많죠? 바람 피울 게 걱정되니까 사양합니다. 게다가 스포츠맨은 썩 취향이 아니라서요."

"지금 놓아주려고 하는 물고기는 아주 크다? 유키무라."

"하지만 나나무라 선배는 친절하니까 다른 형태로 또 권해줄 거죠?"

어디까지나 둘만 놀러 가는 데이트를 회피하려고 하는 사유.

그 진의를 알아챘으면서도 전혀 흔들리지 않는 나나무라.

즐거운 대화로 들리지만, 그 밑바닥에 깔린 남녀 간의

진지한 심리전을 얼핏 엿본 기분이 들었다.

"그럼 다 함께 노래방에 가자. 세나도 아리사카도 불러서. 이건 어때?"

데이트가 안 된다니 그룹 교제로 전환하는 나나무라. 그리고 미끼로 쓰이는 나.

"좋네요! 노래방 좋아해요! 게다가 소문이 자자한 미인 여자친구분과도 만나보고 싶어요!"

별안간 사유가 주저 없이 OK를 내렸다. 어째서.

"좋아, 유키나미. 나이스! 그럼 주선자는 세나, 잘 부탁한다?"

"뭐? 내가 하는 거야?"

"아리사카의 연락처를 아는 건 너뿐이잖아. 라인으로 그룹채팅방을 만들어서 한꺼번에 연락을 줘."

"그렇긴 한데……."

내 사정도 듣지 않고 멋대로 정해지고 말았다.

"결행은 내 연습이 없는 금요일로. 유키나미, 이번 주에 비어있어?"

"괜찮아요!"

"좋아, 결정! 그럼 세나, 뒷일은 맡긴다."

"키이 선배, 주선 잘 부탁합니다. 제대로 여자친구분도 데려와야 해요!"

두 사람은 '당연히 받아들일 거지?' 하는 눈으로 쳐다보았다.

"알았어, 할게. 요루카도 불러볼게."

이렇게 폭풍 같은 즉결 처리에 의해, 이번 주 금요일에 노래방에 가게 되었다.

노래방 주선자 역할을 받아들이긴 했지만, 과연 요루카가 와 줄까.

나 말고 다른 사람이 있는 자리에 요루카가 자발적으로 참가할 것 같지 않다.

교실에서도 아무와도 대화하지 않고 혼자 있는 걸 선호하는 그녀.

그러니 노래방처럼 떠들썩한 밀실에서, 심지어 처음 보는 얼굴인 사유도 있다면 장벽이 한층 올라갈 것이다.

시끌벅적한 건 싫어하는 듯했으니 노래방부터 거절할 확률이 더 커 보였다.

일단 권유는 해 보지만 강요할 마음은 없다.

참가하지 않을 때는 주선자 권한으로 나나무라와 사유에게 받아들이라고 해야지.

한편, 요루카의 노래에는 나도 관심이 있었다.

요루카가 노래하는 모습을 보고 싶다.

"하지만 오늘은 라인 금지라고 했으니까. 내일 학교에 가서 말해봐야겠네."

나는 집에 돌아온 뒤에도 착실하게 메시지를 보내는 걸 참았다.

게다가 글자로 권하는 것보다는 본인과 직접 대화하는 게 잘 될 것 같은 느낌이 들었다.

나는 내일 학교에서 말해보기로 정한 후 0시가 되기 전에 침대에 누웠다.

방의 불을 끄고 눈을 감았다.

잠시 꾸벅꾸벅 몽롱해 있다가, 조금만 더 있으면 완전히 잠들 것 같은 타이밍에 메시지 착신음이 울렸다. 나는 베개 옆에 있는 스마트폰으로 손을 뻗었다.

요루카 : 내일 아침 7시에 미술 준비실에 집합! 답장 필요 없음!

간결한 글귀를 보기만 해도 나는 자연스럽게 웃음이 나왔다.

"오늘은 라인 금지라고 자기가 말해놓고——아!"

스마트폰에 표시된 시각을 보자 마침 0:00이었다.

"날짜가 바뀌자마자 라인을 보냈구나."

요루카도 참고 있었다는 걸 알아차리고 나도 기뻐졌다.

키스미 : 알았어. 잘 자.

나는 일부러 답장을 보냈다. 이미 다음 날이니까 참지 않아도 된다. 읽음 표시가 떴다.

요루카 : 잘 자.

연인과 나누는 이런 사소한 대화가 즐거워서 견딜 수 없다.

나는 바로 알람 설정 시각을 수정한 뒤 이른 기상에 대비했다.

화요일. 아침.

"저기, 요루카 씨. 포옹은 보상 아니었……."

"하루 동안 참은 보상인데. 뭐 문제 있어?"

그렇게 일방적으로 선언한 요루카는 완전히 편안해하는 목소리였다.

"……아침부터 이렇게 붙어 있어도 괜찮은가."

어제 학생 지도실에서 그렇게 혼났는데, 하룻밤 만에 완전히 기분이 풀린 모양이었다.

심지어 이번 포옹은 내 무릎 위에 올라앉은 자세였다.

팔을 등에 감고 사랑스럽게 몸을 붙여왔다.

"어제는 미뤄졌으니까 이틀 치야. 아니면 키스미는 내가 껴안는 거 싫어?"

"좋아합니다."

"좋아."

결국 스마트폰의 알람보다 먼저 눈을 뜬 나.

집합 시각보다 일찍 등교해서 미술 준비실로 직행하자, 요루카도 이미 도착해 있었다.

먼저 와서 기다리고 있던 요루카는 마침 2인분의 커피를 딱 타 놓은 참이었다.

커피가 마시기 좋은 온도가 되는 걸 기다리면서 나는 의자에 앉았다.

그러자 요루카는 그게 마치 당연하다는 양 무릎을 모아 내 허벅지 위에 옆으로 앉았다. 그리고는 꼭 끌어안았다.

"아무래도 나는 키스미와 포옹하는 게 아주 좋은가 봐."

요루카는 어리광부리는 듯한 목소리를 흘렸다.

어쩌지. 심하게 귀여운데. 무지 좋은 냄새도 나고, 부드럽고. 솔직히 참는 게 고통스럽습니다.

"나도 너무 행복해서 성불할 것 같아."

"······키스미, 긴장했어?"

요루카는 내 쇄골에 뺨을 기대면서 살며시 이쪽을 올려다보았다.

"그야 하지."

"왜? 벌서 몇 번이나 껴안았는데."

"몇 번이든 특별하니까."

"기쁜 소릴 하잖아. 나도 같은 마음이야."

우리에게 포옹은 열심히 한 사람을 위한 보상이다.

요루카는 내 반응이 재미있는 건지 유독 즐거워 보이는 표정이다. 변함없이 끝내주게 예쁘구나. 눈동자는 빨려 들어갈 것처럼 커다랗고 속눈썹은 짙고 길다. 왼쪽 눈가에 있는 작은 점은 언제 봐도 섹시하다. 오뚝한 콧날에, 얇은 입술은 분홍빛으로 반들거린다. 피부는 눈처럼 희게 빛났다.

"요루카야말로 잠결에 껴안았을 때는 그렇게 동요했으면서."

득의양양한 요루카를 보다가 문득 지난번 우리 집에서 잤을 때의 일을 떠올렸다.

"그건 그야, 자기 전에 몰래 풀어서 노브라였으니까······."

"커헉!"

"잠깐, 갑자기 왜 이상한 소릴 내고 그래?"

지금 밝혀지는 충격적인 진실.

폭우가 쏟아져 우리 집에서 자게 된 다음 날 아침, 잠에 취해있던 요루카는 나와 같은 이불 속에서 자고 있었다.

그리고 바디필로우처럼 나를 끌어안고 있었다.

그때는 나도 너무 당황해서 무지하게 크고 부드럽다는 정도밖에 감지할 여유가 없었다.

"미, 미안해. 지금 떠올려봐도 매혹적인 상황이었다 싶어서."

나는 무심코 요루카의 가슴께를 빤히 쳐다보았다. 옷을 입은 상태여도 확연하게 알 수 있는 볼륨감. 그러면서 허리는 날씬하니까 요루카는 몸매가 아주 좋다.

그렇구나, 그때 파자마 아래에는 맨살이 있었던 거구나. 그래…….

"떠올리지 마! 그, 그건 잠에 취했던 것뿐이니까! 그냥 사고니까! 단순한 우연이니까 이상한 착각하지 마!"

잠에 취했었다는 부분을 유독 강조하는 요루카.

그렇게 필사적으로 주장하지 않아도 맨정신으로 나를 끌어안았었다는 생각은 하지 않──.

"──……어? 요루카, 서, 설마."

"아니야! 아니라고!"

"어, 응. 그래, 응."

부정하는 요루카의 기세가 워낙 험악해서 애매모호한 반응밖에 하지 못했다.

내 뇌는 그날 아침의 상황을 필사적으로 점검했다.

그건 잠에 취해서 했던 게 아닌 건가. 그 순간 둘이 바짝 붙어서 자고 있던 의미가 내 안에서 크게 덧씌워졌다.

"어, 엉큼한 생각하지 마!"

"무리야."

좋아하는 여자아이가 나에게만 무방비한 모습을 보여주는 것만으로도 기쁜데, 그게 실은 그녀가 그렇게 하고 싶기 때문이었음을 알게 되었으니 진짜!

기쁘지만 너무 행복해서 죽는 거 아닐까.

"지, 지금은 옷도 브래지어도 잘 입고 있어!"

"그거야말로 당연한 거잖아."

요루카도 동요한 모양이지만, 내 무릎 위에서 내려가려고 하지는 않았다.

물리적으로도 정신적으로도 가차 없이 쏟아지는 행복한 자극. 아침부터 자제심이 시험에 드는 이 달콤한 고문은 끝나지 않는다.

"이런 밀실에서 미녀가 밀착했는데도 착실하게 참고 있는 나를 칭찬해줬으면 합니다만."

"……키스미는 용케 그런 말이 술술 떠오르네."

"그냥 솔직한 감상인데, 안 돼?"

"아니. 그대로도 괜찮아."

조금 침착해진 요루카는 다시 얼굴을 목덜미에 붙었다.

나도 조용히 요루카를 끌어안았다.

기쁘기도 하고, 부끄럽기도 한 시간이었다.

그저 닿아있는 것만으로도 극도로 행복하다.

사랑에 빠진 두근거림이나 성적인 흥분과도 또 다르다.

좋아하는 사람과 스킨십하는 걸 허락받은 특별함과 안도감.

어느새 커피의 김이 완전히 사라져버렸다.

벽에 달린 시계를 보자 8시가 넘었다. 슬슬 교실에 가야 한다.

"요루카, 이제."

"좀 더 이러고 싶어."

"나도 같은 마음이지만 머뭇거리다가는 지각처리가 될 거야."

"키스미는 너무 성실해. 이 학급 임원 같으니."

"그런 남자를 선택했잖아?"

"그런 키스미는 싫지 않지만…… 교실까지 가는 게 마음이 무거워. 하아~."

요루카는 시들시들한 목소리를 흘렸다.

"왜?"

"사귄다는 걸 다들 알고 있는 거잖아. 들키면 안 된다는 긴장이 사라지니까―― 내 마음을 자제할 자신이 없어."

내 여자친구는 심각한 얼굴로 무슨 달콤한 말을 하는 건지.

연인 앞에서 풀어진 자신의 모습을 같은 반 아이들에게 보여주는 게 마음에 걸리는 모양이다.

칸자키 선생님에게는 이미 한참 전부터 들켰었다는 건 말하지 말아야지.

"그럼 나는 그런 요루카를 바라보며 실실거려야지."

요루카를 무릎에서 내린 뒤 의자에서 일어났다.

"수업 중에 실실거리다니 징그럽다고 보는데."

"그럼 내가 실실거리지 않도록 요루카도 힘내."

"……내가 끌어안아서 넥타이가 비뚤어졌어."

그렇게 말하며 요루카는 내 넥타이를 바로 잡아주었다.

"키스미야말로 이미 실실 웃고 있잖아. 자, 됐어."

요루카는 뿌듯하다는 양 내 눈을 보았다.

내 여자친구 너무 귀여워!

금방 고집을 부리며 대항심을 불태우고, 조금이라도 우위에 서면 우월감이 얼굴에 드러난다. 무척이나 알아보기 쉽다.

사귀기 전, 멀리서 바라볼 수밖에 없었던 절벽 위의 꽃 아리사카 요루카도 물론 아름답다.

하지만 연인이 된 뒤로 보여주는 요루카의 내면이 무엇보다도 사랑스럽다.

"요루카, 좋아해."

"알아."

요루카도 내 애정을 확실하게 느껴주고 있다.

"아침부터 요루카에게 안겨서 두근거렸어."

나는 솔직한 감상을 남겼다.

"사실 어제 돌아가는 길에 미야우치와 차를 마셨어. 교실에서 키스미에게 애정표현을 하는 걸 참을 수 있을지 모르겠다고 상담했더니, '미리 해두는 건 어때?'라는 조언을 받았거든. 그래서 실천해봤어."

"……나로서는 오히려 아쉬운 느낌이 드는데?"

요루카라는 온기가 떨어진 것만으로도 나는 이미 상당히 쓸쓸하다.

"그런 말 하지 마. 나도 같은 마음이니까……."

요루카도 한 번 더 껴안고 싶은 걸 필사적으로 참고 있는 모양이었다.

"참고로 참을 수 없게 되면 어떻게 되는 거야?"

"글쎄. 아무 데서나 갑자기 껴안을지도 모르지."

요루카는 농담을 던지듯 웃었다.

"나는 상관없는데."

"키스미는 나에게 무르구나."

"연인에게 무르지 않으면 누구에게 그렇게 하라고?"

"……그런 점도 좋아해."

직설적인 애정표현에 내 목숨은 간당간당하다.

어떡하지. 내 여자친구가 너무 귀여워─────!

간신히 미술 준비실에서 나와 2학년 A반의 교실로 향했다.

둘이 나란히 복도를 걸어가자 많은 학생이 우리를 흥미진진하다는 눈으로 쳐다보았다.

그래도 모닝 허그의 효과인지 옆에 있는 요루카는 여전히 기분이 좋았다.

좋아, 지금이 노래방 건을 꺼낼 최적의 타이밍이다.

"저기, 이번 주 금요일에 나나무라네랑 노래방에 갈 건데, 요루카도 같이 가지 않을래?"

"안 가."

즉답. 고민하는 시늉조차 없었다.

자세한 이야기를 듣지도 않았다.

"아. 안 가는구나."

"오히려 왜 내가 갈 거라고 생각했어?"

요루카는 당연하다는 양 대답했다.

오히려 요루카의 한결같음에 안심이 되었다. 어느 의미로는 예상한 그대로의 반응이다.

"남자친구와 즐거운 시간을 보내고 기분이 좋아졌으니까 지금이라면 의외로 OK 해주려나? 해서."

"노래방같이 시끌벅적한 분위기는 안 좋아하는 거 알잖아?"

"아니, 알긴 아는데. 혹시 노래 잘 못 해?"

"음악은 좋아해."

"요루카는 정말 못 하는 게 없구나."

뭘 시켜도 대체로 평균 이상은 해내니까 참 대단하다.

"……그렇지 않다니까."

"앞으로 참고하기 위해 약점 하나 가르쳐줄 수 있어?"

"…………."

고개를 숙인 요루카는 대답 대신 이쪽을 살며시 손가락 질했다.

뒤를 돌아봐도 당연히 아무것도 없다.

"……어, 어어. 그야, 뭐라고 해야 하나, 고마워."

나마저 부끄러워졌다.

"그런 거야."

스스로 털어놨으면서 귀까지 빨개진 걸 보면 역시 모닝 허그의 효과는 강력한 모양이다.

"요루카의 기습도 비겁해."

"가끔은 나도 해야지."

"있잖아, 요루카."

"왜."

"한 번 더 껴안으면 안 돼?"

"————여, 여기는 복도니까 안 돼!!"

요루카의 커다란 목소리에 복도에 있던 학생들이 일제히 돌아보았다.

"요루요루, 스미스미! 안녕."

교실에 들어가자 우리가 온 것을 알아챈 미야우치 히나카가 탓탓탓 이쪽으로 다가왔다.

"좋은 아침, 안녕." "미야치, 안녕."

"두 사람은 아침부터 러브러브하구나."

미야우치 히나카는 무척이나 아담한 여자아이다.

화려한 금발의 쇼트 헤어에다 귀에는 피어스. 또렷하고 큼직한 눈동자에 동안이라서 자그마한 동물 같은 인상을 준다. 호리호리하며 피부는 하얗다. 사이즈가 큰 보라색 파카를 교복 위에 입었으며, 남아도는 긴 소매를 자주 퍼덕거린다.

"요루요루, 바로 시도했구나."

눈을 가늘게 휘는 미야치.

"어, 응. 그런 느낌."

요루카는 나를 의식하면서도 어제 미야치에게서 받은 조언을 실행한 것을 인정했다.

"미야치, 어제 요루카와 같이 있었다면서? 고마워."

"스미스미에게서 인사를 들을 일이 아니야. 나는 친구와 함께 논 것뿐이니까."

"응. 나도 재미있었어. 고마워. 미야우치."

그러자 미야치는 조금 불만이라는 듯 말했다.

"저기, 요루요루. 계속 말하려고 생각한 게 있는데."

"어? 뭔데?"

"미야우치라니 딱딱하잖아. 친구니까 편하게 이름으로

불러줘."

"하지만. 갑자기 그런."

"사양하지 말고. 자, 당장 친근함을 담아 내 이름을 부르는 거야!"

미야치는 소매를 붕붕 돌리면서 요루카를 부추겼다.

"어어…… 그럼, 히나카라고 부를게. 히나카."

"응. 그렇게 해줘, 요루요루."

미야치가 덧니를 드러내며 환하게 웃었다.

요루카는 동성 친구와 친하게 교류하는 것에 익숙하지 않다. 어쩐지 간질간질해 하는 반응을 보이며 자신의 자리에 앉았다.

"요루요루는 풋풋하단 말이지. 나마저 두근거려."

"미야치가 있어서 정말 다행이야."

"나도 요루요루를 좋아하니까."

대인관계에 서툰 요루카가 마음을 열 수 있는 상대가 나 말고도 생겨서 정말 다행이다.

"얍. 안녕!"

요루카와 교대하듯이 나나무라가 대화에 끼어들었다.

"세나. 아리사카, 예의 그건 어떻게 됐어?"

"안 돼. 일절 관심을 안 보여."

"그것참, 아리사카답다고 해야 하나……."

나나무라도 처음부터 이 상황을 예상했었던 모양이다.

"어떻게 할래? 셋이서 갈까?"

"여자가 한 명인 건 좀 그렇잖아! 더 늘려야지! 그런 거로 미야우치, 어때? 이번 주 금요일 방과 후에 노래방 가자."

"노래방? 좋아! 갈래! 내 노래 실력을 보여주겠어!"

나나무라가 갑자기 옆에 있던 미야치를 권유하자 바로 OK 해주었다.

"미야우치, 나이스!"

나나무라와 미야치가 그 자리에서 '예이!' 하고 하이파이브.

키 차이가 너무 심하게 나기 때문에 미야치가 수직으로 폴짝 뛰는 느낌이 되었다.

"아까 셋이라고 했지? 나머지 한 명은?"

"세나의 중학 시절 후배. 얘가 참 예쁘게 생겼어."

"어? 여자야? 그건 좀 그렇지 않아? 요루요루는 아무 말도 안 했어?"

미야치의 표정이 희미하게 어두워졌다.

"미야우치, 그렇게 까다롭게 생각하지 마. 어차피 세나는 주선자고, 애초에 아리사카밖에 안 보이는 녀석이니까 문제없어."

"아까 요루카에게 가자고 했는데, 자세한 이야기를 하기도 전에 거절당했거든."

나는 솔직하게 털어놓았다.

"……내가 사정을 설명하고 요루요루를 한 번 더 불러볼게. 잠깐 기다려."

말을 마치자마자 미야치는 요루카의 자리로 향했다.

나와 나나무라는 그걸 지켜보았다.

"미야치가 간다면 요루카도 와 주겠지."

"글쎄다. 아리사카, 어지간한 일이 아닌 한 안 올 것 같은데."

나나무라가 툭 단언했다.

"그건 설령 내가 다른 여자와 놀러 가도 요루카는 개의치 않는다는 뜻이야? 나라면 무지 걱정할 텐데."

"바보야, 반대야. 아리사카는 네가 바람을 피울 리가 없다고 믿는 거겠지."

연애 경험이 풍부한 나나무라의 말에 나는 용기가 생겼다.

요루카에게 말을 걸던 미야치가 이쪽을 돌아보고는 머리 위에서 팔을 교차해 X자를 만들었다. 미야치가 권유했는데도 실패한 모양이었다.

어떻게든 요루카도 왔으면 좋겠는데.

하지만 나나무라가 말하는 '어지간한 일'은 쉽게 일어날 것 같지 않았다.

요루카의 마음이 변할 법한 멘트가 떠오르기 전에 칸자키 선생님이 교실에 들어왔다.

여느 때와 같은 아침 홈룸이 시작되었다.

그날, 교실에서 요루카의 모습을 관찰했지만 예전과 다를 바 없이 지내고 있었다.

미술 준비실에서 한 모닝 허그의 효과가 어마어마하다.

하지만 수학 수업 시간에 지명을 받은 내가 칠판 앞에서서 문제를 풀고 있을 때 유난히 등에 시선을 느꼈다.

뒤를 돌아보자 요루카가 어마어마한 기세로 나를 보고 있었다.

"이게 칸자키 선생님이 말했던 그건가. 들킬 만도 하네."

요루카처럼 눈에 띄는 사람은 사소한 움직임도 눈길을 끌게 된다.

답을 다 적고 난 뒤 자연스럽게 멀리 돌아서 요루카의 옆을 지나갔다.

얼굴을 가까이 가져가 '날 너무 쳐다봐' 하고 작게 속삭였다.

요루카는 흠칫 귀를 누르고는 비난하듯이 내 쪽을 노려보았다.

주의를 준 것뿐이니까 딱히 혼날 만한 건 없지 않나?

자리에 앉자 바로 주머니의 스마트폰이 울렸다.

요루카 : 그러니까 귀는 약하다고! 일부러 한 거야?

억울하다. 평범하게 말을 걸었다면 주위에도 들렸을 거 아냐.

이어서 또 메시지가 날아왔다.

요루카 : 그리고 계산 틀렸어.

"선생님, 죄송합니다! 계산 실수한 걸 발견했는데 다시 해도 될까요?"

내가 허둥지둥 외치자 반에 웃음이 퍼졌다.

연인의 시선에 정신이 팔려서 계산을 실수하는 나도 요루카와 크게 다를 게 없었다.

◇ ◇ ◇

다음 날. 수요일 아침.

어제와 달리 평소와 같은 시각에 집을 나서자 집 앞에서 유키나미 사유가 기다리고 있었다.

"좋은 아침입니다! 키이 선배, 학교 같이 가요!"

"으억?! 안, 녕. 왜 사유가 있는 거야?"

아침잠이 많은 여자아이가 멋지게 교복을 차려입고 활짝 웃고 있었다.

"또 같은 학교니까, 이렇게 된 거 키이 선배와 대화하면서 가려고요."

"기다렸다면 인터폰을 누르지."

"아침은 바쁘니까 폐가 될 것 같아서요. 뭐, 서프라이즈 겸."

"사유는 기다리는 걸 좋아하는구나."

지난번에도 복도에서 갑자기 나타나는 바람에 상당히 놀랐다.

"뿌우! 서, 프, 라, 이, 즈, 예, 요! 뉘앙스를 슬쩍 바꾸지 말아주세요!"

"같이 등교하는 건 상관없는데. 제대로 아침에 일어날 수 있게 되었구나."

"키이 선배가 은퇴한 뒤엔 혼자 아침 연습에 참가했으니까요."

"성장했잖아. 장하다."

나는 뿌듯함을 맛보았다.

손이 많이 가는 아이일수록 귀엽다는 말을 듣곤 했는데, 약 1년 반 동안 매일같이 사유를 데리러 유키나미 가에 갔던 몸으로서는 감개무량해질 만도 하다.

사유는 선수로서 우수했기 때문에 그 플레이를 배후에서 지원했다는 자부심도 있었다.

"이제 와서 칭찬해봤자 솔직히 미묘해요."

"띄워주면 금방 거만해지잖아, 너."

"뿌우! 친절하지 않은 남자는 싫어해요."

"그럼 미움을 받은 모양이니 나는 먼저 간다. 지각할라."

"아, 기다려주세요!"

내가 걷기 시작하자 사유도 따라왔다.

"키이 선배, 어제는 굉장히 일찍 일어났던데요. 데리러 왔더니 이미 집에서 나갔다고 하더라고요. 학급 임원 일이라도 있었어요?"

"어제 아침에도 왔어?"

"네. 까였지만요."

"애초에 약속하지도 않았잖아. 올 거면 미리 연락정돈 해."

"……어, 라인 보내면 허락해주는 거예요?"

사유의 눈이 휘둥그레졌다.

"연락했다면 미리 거절할 수 있잖아."

"너무해! 거절이라니. 키이 선배, 악마."

그런 식으로 사유와 소소한 잡담을 하는 사이에 같은 교복을 입은 학생들 무리에 합류했다.

"여자친구분은 노래방 OK 해줬어요?"

"거절당했어. 관심 없대."

"주선자니까 제대로 일해야죠. 그보다 남자친구의 권유를 보통 거절하나……?"

"요루카는 그런 사람이야."

"실은 미워하는 거 아니에요? 안쓰러워라."

"멋대로 위로하지 마. 나와 요루카는 잘 지내고 있으니까."

"헤에, 호오, 흐으응."

사유는 내 얼굴을 빤히 바라보았다.

"……뭔데."

"아니, 허세 부리는 것도 아니다 싶어서요. 좀 예상과 달랐네요."

"무슨 예상을 했길래."

"영락없이 아리사카 선배의 약점을 잡고 어영부영 사귄 뒤 연인 선언을 해서 억지로 공공연한 사실로 만든 게 아닐까 했죠. 여자친구분 쪽은 어디까지나 시험해본다는 감각이고, 키이 선배에게 진심이 아닐 거라고."

"망상력이 풍부한데."

나는 기가 막혔다.

"그야 학교에서 제일가는 서프라이즈 커플인걸요. 다들 이런저런 이야기를 해요."

"기대에 부응할 법한 가십거리는 없어. 평범하게 좋아하게 되어서 고백하고 사귀게 되었지."

말로 나열하니 우리의 사랑은 비교적 심플하다.

"그런 평범한 걸로 그런 미인과 사귈 수 없다고요."

"그렇게 우리의 과정이 궁금해?"

"……그럼 저에게 좋아하는 사람이 생겼다고 하면 키이 선배는 어떻게 생각할 건데요?"

"오, 이번에야말로 진짜지? 누군데?"

"거 봐, 키이 선배도 남의 연애에 흥미가 넘치잖아요! 아니, 그런데 너무 적극적이야!"

"아니, 사유의 눈에 든 남자라니 전혀 상상이 가지 않아서."

사유는 중학생 때부터 남자에게 인기가 있었다.

그리고 보면 사유의 취향은 들어본 적이 없구나.

"스스로도 솔직히 의외였어요."

"어? 진짜로 있어?"

아무래도 좋아하는 상대가 있는 건 사실인 모양이다. 평소와 다르게 반응이 너무 얌전하다.

과연 유키나미 사유의 마음을 사로잡은 상대는 어떤 사람일까.

"어라. 혹시 귀여운 후배에게 좋아하는 사람이 생겨서 좀 아쉬워요?"

사유는 히죽히죽 웃으면서 내 얼굴을 들여다보았다.

"뭐, 조금은……."

"그, 그런 솔직한 반응이 돌아오면 반대로 난감한데요."

어째서인지 사유가 당황했다.

"아무튼, 응원할게. 어디의 누구인지는 모르지만 잘 되면 좋겠다."

"괜한 참견이거든요."

"왜 화내는 거야."

통 모르겠네.

어느새 교문 근처의 모퉁이까지 와 있었다.

모퉁이를 돌려고 하던 차에 맞은편에서 온 여학생과 부딪칠 뻔했다.

"키이 선배!"

먼저 알아차린 사유가 내 팔을 잡아당겼다.

"엇."

"아. 죄송합니다."

나와 여학생의 눈이 마주쳤다.

"어. 안녕. 키스미."

하세쿠라 아사키는 생긋 웃었다.

그녀는 나와 같은 반으로, 함께 학급 임원을 맡고 있다.

그리고 얼마 전 나는 그녀에게 고백을 받았고 거절했다.

"안녕. ……아사키."

나는 간신히 지금까지 그랬던 것처럼 그녀를 '아사키'라고 이름으로 불렀다.

학년의 중심인물인 아사키는 오늘도 화사하다.

부드러운 컬이 들어간 밝은 갈색 머리카락이 어깨 부근에서 살랑거린다. 단정한 이목구비를 한층 돋보여주는 옅은 화장에 센스가 좋은 소품. 자연스러운 멋 부림이 빛난다.

"통학로에서 만나다니 별일이네. 키스미, 늘 이 시간이었던가?"

"오늘은 우연히."

"그렇구나. 어라? 오늘은 아리사카가 아니잖아. 그 아이도 예쁘네."

아사키는 문득 내 옆에 있는 사유의 존재를 눈치채고 살짝 가시 돋친 말을 했다.

"어, 쟤는."

"어제는 연인과 함께 교실에 들어오더니, 오늘은 다른 여자아이와 팔짱을 끼고 등교라니 즐거워 보이네. 세나, 역시 인기 많은 거 아니야?"

내가 설명하기도 전에 아사키가 말을 이었다.

웃으면서 말하는 게 좀 무섭다.

알지, 알고말고. 연인인 요루카와 등교하는 거라면 이해

할 수 있지. 하지만 낯선 여자와 함께 있으니 흰 눈으로 볼 만도 하다.

나는 여전히 내 팔에 감겨있던 사유의 팔을 풀고 변명했다.

"아사키. 얘는 중학교 후배야. 집이 가까워서 오늘 아침은 우연히 같이 있었던 거고."

"흐응. 키스미에게 이런 귀여운 후배가 있다니 몰랐어. 혹시 그 애도 비밀로 했던 거야?"

얼마 전의 연인 선언과 관련된 물음에 나는 동요를 다독이며 대답했다.

"아니, 에이세이에 왔다는 걸 안 건 나도 최근이야."

내가 그렇게 대답하자 아사키가 흥미롭다는 듯 사유를 보았다.

"저기, 키이 선배. 왜 하세쿠라 선배와 친하게 대화하는 건데요? 이름으로 부르질 않나."

사유가 내 소매를 잡아당겨 귓속말을 했다.

"사유야말로 왜 아사키를 아는 거야?"

내가 아사키를 보자 아사키가 고개를 끄덕였다.

"전에 다도부에 체험 입부로 왔었지? 이름이…… 유키나미 사유였던가?"

사람의 얼굴과 이름을 외우는 게 특기인 아사키는 정확하게 적중시켰다.

"우와, 기억하고 계셨네요. 네, 1학년의 유키나미입니다."

"지난번과는 상당히 인상이 달라서 바로 이름이 나오지

않아서 미안해. 지금은 기운이 넘치나 보네."

"그, 그렇죠. 지난번엔 이른 아침이라."

"유키나미. 다도부에는 들어오지 않을 거야?"

"부끄럽지만 정좌가 힘들어서요. 게다가 고문 선생님이 엄해 보였고요."

그 다도부의 고문이란 당연히 우리 담임인 칸자키 시즈루 선생님이다.

"그렇구나, 아쉬워라. 칸자키 선생님은 아주 좋은 분이셔. 그렇지? 키스미."

"왜 나에게 말해?"

"제일 많이 신세 진 건 키스미잖아. 1학년 때부터 학급 임원으로 지명 당할 정도로 신뢰 관계도 두텁고."

"아사키가 말하니까 마치 은사와의 미담으로 들리는데."

민망해서 적당히 얼버무리지만, 부정은 하지 않았다.

"있지. 나머지는 걸으면서 대화하지 않을래? 서서 이야기하다간 지각하겠어."

아사키의 재촉에 셋이 나란히 걷기 시작했다.

같이 있는 남자인 나를 향하는 시선이 따갑다.

그야 아사키와 사유를 좌우로 끼고 있으면 눈에 띄는 것도 어쩔 수 없지.

"키스미. 아침부터 양손의 꽃이구나."

"그걸 자기 입으로 말할 수 있다는 점에서 아사키는 대단해."

"그야 나는 인기 많은걸."

조금도 쑥스러워하지 않고 단언하는 아사키.

아니꼽게 들리지 않는 건 하세쿠라 아사키의 인기가 주지의 사실이고, 그건 본인의 털털하고 밝은 성격에 의한 점이 크기 때문이다. 눈치도 빠르고 칭찬을 능숙하게 하는 인기인.

"하세쿠라 선배는 어떤 사람과 사귀시는데요?"

사유의 질문은 갑자기 남자친구가 있다는 걸 전제하고 있었다.

"남자친구는 없어. 게다가 얼마 전에 차였고."

아사키는 비밀이라는 듯 작게 줄인 목소리로 사유에게 털어놓았다.

나는 내심 사레들릴 뻔했다.

"네——?! 하세쿠라 선배여도 그런 일이 있다고요?"

"그야 있지. ……그러고 보면 고백한 것도 차인 것도 처음이었어."

"이런 미인을 차다니, 상대방은 대체 얼마나 잘나가는 사람인 거죠?"

"평범한 사람이야."

"상대방이 평생 후회했음 좋겠네요. 하지만 하세쿠라 선배의 고백을 받아들이지 않다니 보는 눈이 없거나, 어지간한 사정이라도 있었던 건지도 몰라요."

"위로해줘서 고마워. 유키나미는 착하구나."

"그냥 사유라고 부르셔도 돼요!"

"그럼 사유. 나도 성으로 부르지 않아도 돼."

"잘 부탁드립니다. 아사 선배!"

순식간에 친해지는 아사키와 사유.

그 두 사람의 대화를 옆에서 듣고 있자니 위가 쑤셨다.

"키이 선배도 너무하다고 생각하지 않아요? 아사 선배의 첫 고백을 차버리다니, 재수 없다고."

"하하하. 그래."

건조한 웃음밖에 나오지 않는다.

"저기, 키스미는 날 위로해주지 않는 거야?"

"어? 내가?!"

"응."

아사키는 웃으면서 요구했다.

"아니, 내 쪽에서 할 말은……."

"아무것도 없어?"

"큭…………."

아사키는 어째서 이렇게 천연덕스러울 수 있는 거지.

하필이면 자기의 고백을 거절한 상대인 내 앞에서 자신이 차인 이야기를 하다니.

나더러 들으라고 한 소리인가?

아니면 그녀에게 고백은 내가 신경 쓰는 만큼 중대한 일이 아닌 건가.

너무나도 태연한 태도의 이유를 모르겠다.

"──, 키스미는 놀리는 맛이 있다니까."

아사키는 의미심장하게 웃었다.

"참 뻣뻣하죠, 키이 선배. 여차할 때 그럴싸한 말 한마디 정도는 할 수 있어야 여심을 잡을 수 있다고요."

"옳소, 옳소!"

사유의 쓴소리에 아사키가 귀엽게 동조했다.

"맞다! 모처럼 만난 거 아사 선배도 노래방 가실래요? 이번 주 금요일에 키이 선배랑 나나무라 선배와 가거든요."

"사유, 무슨 소릴 하는 거야."

"아사 선배에게 기분전환이 되지 않을까 해서요. 나나무라 선배와도 같은 반이니까 문제없죠?"

"사유, 갑자기 너무 들이대는 거 아니냐."

"아사 선배와 더 대화해서 친해지고 싶거든요."

사유는 완전히 아사키가 마음에 든 모양이었다.

"좋아. 금요일이라면 시간 나니까. 나도 갈래."

아사키는 주저 없이 OK 했다.

"어? 거절하지 않는 거야?"

"왜? 내가 같이 가면 뭐 문제라도 있어?"

"아니, 아사키가 신경 쓰지 않는다면 괜찮은데……."

무심코 애매모호한 반응이 되고 말았다.

"그럼 됐네. 아, 노래방 가는 거 오랜만이라 기대된다! 사유, 불러줘서 고마워!"

"저도 아사 선배와 놀러 갈 수 있어서 기뻐요!"

완전히 의기투합한 두 여자는 나를 방치하고 연락처를 교환하기 시작했다.

사태가 커졌군.

주선자를 제쳐놓고 알아서 참가자가 늘어난다.

그러는 사이에 학교에 도착.

교문을 지나, 1학년인 사유와는 승강구에서 헤어졌다.

"키스미에게 저런 귀여운 후배가 있다니 몰랐어. 굉장히 사이가 좋구나."

"사유가 저런 성격이라 그래. 아사키에게도 금방 따르게 됐잖아."

"뭐, 그런 걸로 해둘게."

실내화로 갈아신은 타이밍에 아사키가 다시금 확인했다.

"저기, 키스미. 노래방은 누가 오는 거야?"

"나, 나나무라, 사유. 그리고 미야치. 거기에 아사키."

"히나카가 오는데 아리사카는 안 오는구나."

"말은 했는데 거절했어."

"흐응. 한 번 더 권해보지 그래? 이 멤버라면 간다고 할걸."

"설마. 요루카가 그렇게 쉽게 생각을 바꿀 것 같진 않은데."

"그렇지──앗."

아사키는 무언가 떠올랐다는 듯 입가에 초승달을 매달았다. 그 시선은 내 등 뒤를 보고 있었다.

"불러줘서 고마워! 금요일의 노래방, 기대하고 있을게!"

아사키는 갑자기 주위에 들리도록 큰 목소리로 말하고

는 먼저 계단으로 가 버렸다.

"대체 뭐야?"

"키, 스, 미."

뒤를 돌아보자 아리사카 요루카가 그곳에 있었다.

마침 등교한 타이밍이었다.

"하세쿠라 아사키도 노래방에 부른 거야?"

"내 후배가 불렀어! 내가 아니야!"

"하지만 가는 거지?"

"뭐, 뭐어, 어영부영 그렇게 되었지…….."

무언가 하고 싶은 말이 있는 듯 나를 빤히 노려보는 요루카.

질투를 폭발시키듯이, 그녀는 불평 대신 이렇게 말했다.

"나도 갈 거야!"

아사키의 참가가 '어지간한 일'이었던 모양이다.

요루카, 참가 확정.

노래방은 예정대로 금요일 방과 후에 개최되었다.

역 앞에 있는 대형 노래방 체인점의 1층 접수처에 모인 사람은 다음과 같다.

나, 나나무라, 사유, 미야치, 아사키, 그리고 요루카로 총 6명.

접수 순서를 기다리는 동안 나는 처음 만나는 두 사람을 긴장하며 지켜보았다.

"안녕하세요. 키이 선배의 후배인 유키나미 사유입니다."

"아리사카 요루카입니다. 안녕."

요루카는 말간 표정으로 조용히 말했다.

으음, 목소리가 딱딱하네. 하지만 뭐, 평범하게 인사를 나누는 것만으로도 큰 진보다.

작년의 요루카였다면 긴장해서 아무 말도 못 했을 것이다. 남이 보면 심기가 불편해 보여서, 그냥 접근하기 어려운 미인이라는 인상을 받고 거리를 두게 된다.

혹은 요루카의 아름다움에 넋이 나간 상대가 괜히 위축되거나.

하지만 사유는 움츠러들지 않았다.

"알아요. 키이 선배의 여자친구분이죠? 이런 미인과 사귄다니 놀랍다니까요. 가까이서 보니까 진짜 예쁘네. 여자인 저도 넋이 나갈 것 같아요."

"——저기, 어디서 만난 적 있어?"

반면 요루카는 갑자기 사유에게 물었다.

"아뇨, 이렇게 대화하는 건 처음인데요."

"……그래. 내 착각, 인가."

요루카는 미지근한 반응이었지만 그 이상 추궁하진 않았다.

"그보다 너무 빤히 보지 마. 누가 보는 건 거북해."

"오, 수줍음을 많이 타나 보네요. 귀여워라. 아, 요루 선배라고 불러도 돼요?"

요루카는 물리적으로도 정신적으로도 거리를 좁히는 사유를 어떻게 대해야 할지 헤매는 모양이었다.

"저기, 키스미. 도와줘. 얘 너무 적극적이야."

"그래. 사유, 거기까지만 해."

"키이 선배는 늘 요루 선배와 알콩달콩할 테니까 가끔은 양보해주세요."

"아, 알콩달콩하지 않아!"

요루카는 즉시 부정했다.

"즉답이네요. 키이 선배 쪽에서 빠져 있나 했는데 의외로 반대인가? 흐응."

사유에게 홀랑 간파당하는 바람에 요루카는 한층 무방비해졌다.

"놀리지 마. 그런 거 싫어해."

"아, 죄송합니다. 너무 지나쳤죠. 용서해주세요, 요루 선배. 대신 중학 시절의 키이 선배에 대해 잔뜩 알려드릴게요.”

“용서할게.”

너무 빨라, 요루카!

“자. 알고 있는 걸 구체적으로, 전부 말해.”

“그럼 저를 사유라고 불러주세요.”

“사유, 부탁할게.”

요루카는 선뜻 그 요구도 받아들였다.

왜 그렇게 적극적인 거야?

“6인 일행의 세나 님. 접수 카운터에 와 주세요.”

내가 제지하기도 전에 호출이 왔다.

접수처에서 절차를 마쳤다.

“방을 잡았으니까 엘리베이터로 올라가자.”

내가 말을 걸자 다들 접수 로비 구석으로 모였다.

“사유. 이 옷들은 뭐야?”

“코스프레 의상을 무료로 대여해주는 거예요. 그래, 다 같이 빌리지 않을래요?”

“으, 부끄러운데.”

“요루 선배도 갈아입고 같이 사진 찍어요. 분명 재미있을 거예요.”

내가 눈을 뗀 사이에 요루카와 사유는 어째 친해져 있었다.

“코스프레, 재미있겠다!”

미야치도 동의했다.

“나도 빌릴래. 저기, 키스미. 뭔가 리퀘스트 있어?”

아사키는 요루카의 눈앞에서 일부러 나에게 물었다.

"뭐야, 하세쿠라. 나한테는 안 물어봐?"

"나나무라는 자중하지 않고 야한 의상을 고를 것 같으니까."

"당연하지."

당당한 나나무라.

요루카는 내 옆으로 와서 '키스미는 뭐가 좋아?' 하고 확인했다.

"내가 정해도 돼?"

"너무 야한 건 안 돼."

"그런 건 둘만 있을 때 부탁할게."

"바보."

요루카가 내 팔을 찰싹 때렸다.

내가 희망 사항을 이야기하자 요루카는 '그거라면 괜찮겠네' 하며 내가 리퀘스트한 의상을 골라주었다.

응, 오늘 오길 잘한 것 같다.

각자 의상을 챙긴 뒤, 우리는 엘리베이터를 타고 올라갔다.

방에 도착하자마자 여성진은 옷을 갈아입기로 했기 때문에 나와 나나무라는 복도에서 대기.

"아주 재미있어졌어. 세나."

"그건 너만 그래."

"이렇게 예쁜 여자들만 모아놓고 암흑 전골이 되다니, 정말 무시무시한 인기남이야."

"시끄러워."

"순수하게 즐기지 못하는 세나는 참 안 됐어."

나나무라는 웃음이 멈추지 않았다.

연인, 내가 고백을 거절한 여자 둘, 그리고 그런 사정을 전혀 모르는 중학 시절 후배.

본래 모이면 안 되는 인물들이 한자리에 집결했다.

"그 아리사카도 하세쿠라가 온다는 걸 알자마자 참가하다니, 귀여운 질투잖아. 뭐, 하세쿠라 상대라면 경계하는 것도 무리는 아니지만."

"솔직히 굉장히 불안해."

"무슨 일이 있으면 미야우치가 도와줄 테고, 유키나미와도 잘 교류하고 있으니까 괜찮을 거야."

"그건 뭐, 나도 솔직히 의외였어."

"아무튼! 우선은 곧 일어날 일을 기대하자고."

나나무라가 즐기자면서 내 등을 가볍게 때렸다.

그리고 마침내 그때가 왔다.

"넵. 선배들, 다 갈아입었으니까 들어오세요! 멋진 천국이 기다리고 있습니다."

방으로 들어가자, 그곳에서 기다리는 건 기분이 천장을 뚫을 법한 광경이었다.

"세나. 이거 비상사태야."

"그래, 좀, 상상했던 것보다 더해."

눈 앞에 펼쳐진 도원향에 압도당했다. 숨을 삼킨 우리는 말을 아끼며 행복을 곱씹었다. 땡큐, 오타쿠 문화. 코스프레 만세.

"짜잔. 어때요? 여러분 잘 어울리죠! 제가 소개할 테니까 두 분은 나이스한 코멘트 부탁드립니다."

사유는 희희낙락 웃으며 먼저 자신의 모습부터 설명했다.

"첫 번째 주자인 저는 미니스커트 경찰입니다."

캡 형식의 제복 모자, 하늘색 셔츠에 넥타이, 실제 경찰관에겐 말도 안 되는 미니스커트. 의상에 딸린 소품으로 장난감 권총과 수갑까지 있다.

"체포하겠어! 빵☆"

사유는 권총을 홀스터에서 빼 들고 발포하는 동작을 취했다.

"예고도 없이 발포라니, 흉악한 경찰이잖아."

"윽. 이런 경찰에게라면 체포당할래."

나나무라는 가슴을 누르며 털썩 무릎을 꿇는 연기를 했다. 쿵짝이 잘 맞네.

"키이 선배, 찬물 뿌리지 마세요. 나나무라 선배는 나이스 리액션! 그럼 다음, 미야우치 선배!"

"넵. 나는 고양이 귀 메이드."

미야치가 그 자리에서 한 바퀴 돌자 긴 스커트 자락이 펄럭 넓게 부풀었다. 금발에 피어스라는 날티 나는 패션센

스인 미야치가 프릴이 달린 메이드복을 입고 있다는 언밸런스한 매력. 심지어 고양이 귀와 고양이 꼬리까지 달렸다. 신선한 콜라보레이션!

"주인님, 봉사하겠다냥."

미야치는 완전히 역할에 몰입해 있었다.

"고양이 같은 포즈까지 완벽하잖아. 미야치, 잘 어울려."

"으헉, 봉사 받고 싶어."

허억허억 숨이 거칠어지는 나나무라.

"나나무, 너무 오버했어."

평소 모습으로 돌아간 미야치가 배를 잡고 웃었다.

"이어서 아사 선배! GO!"

"보다시피 간호복입니다."

아사키가 입고 있는 건 분홍색의 간호복. 어째서인지 절묘하게 꽉 끼는 사이즈라, 몸의 라인이 강조되었다. 머리에는 너스캡. 목에 청진기를 걸었고, 손에는 주사기. 본인의 옷인 카디건을 걸쳤는데, 그게 오히려 리얼함을 연출하고 있다.

"주사도 잘 참고, 장하네."

주사기를 한 손에 들고 포즈를 취하는 아사키.

"백의의 천사."

"오히려 내가 주사를 놓──."

말을 마치기 전에 내가 나나무라의 배에 주먹을 날렸다.

"나나무라. 그건 너무 지나쳐."

여전히 딱딱한 복근에 때린 내 주먹이 더 아팠다.

"우훗. 마지막은 요루 선배, 부탁드립니다!"

"비행기 승무원 의상을 골…… 리퀘스트를 받아서."

작은 모자, 큼직해서 시원스러워 보이는 스카프, 금색 단추에 소매 끝에는 자수가 들어간 짙은 남색의 재킷, 타이트스커트. 소위 스튜어디스로, 요루카의 어른스러운 분위기와 잘 어울렸다.

다른 사람과 마찬가지로 사유가 대사를 시킨 모양이었다.

우물쭈물 머뭇거리면서도 내 눈을 바라보며 결심한 듯 한 번 입을 꾹 다물었다가, 열었다.

"어, 어텐션 플리즈."

"퍼스트클래스로 부탁드립니다!"

나는 초고속으로 예약했다── 아니, 진지한 얼굴로 감상을 뱉었다.

"키이 선배, 너무 빨라요!" "스미스미, 완전히 신났네." "키스미, 좀 그렇다."

여성진이 즉시 태클을 걸었다.

"하하하, 세나도 비슷하잖아."

나나무라도 폭소했다.

"저기, 키스미. 너무 빤히 보지 마. 이상한 건 아니지?"

"아주 잘 어울려. 기절할 것 같아."

다른 녀석들의 말 따위는 귀에 들어오지 않고, 나는 눈앞의 요루카에게 집중했다.

"네, 그럼 여기서부터 포토 타임! 아, 남성진은 본인 스마트폰으로 촬영하는 거 금지예요. 여성 한정이니까요. SNS에 단체 사진을 올리는 것도 오늘은 안 돼요."

"너무하잖아! 유키나미, 나중에 나에게도 보내줘."

나나무라가 애원했다.

"요루 선배에게서 NG가 나왔거든요!"

사유는 가차 없이 기각했다.

"남성진은 기합으로 망막에 새겨주세요. 이 자리에 있는 것만으로도 행복한 거잖아요."

"됐어, 몰래 찍으면 돼."

"그럼 저희는 바로 돌아갈 거예요. 돈은 전부 나나무라 선배가 내세요."

집요한 육식 짐승 선배로부터 한 걸음도 물러나지 않는 사유.

다른 여자 셋의 비난하는 듯한 시선에 패배한 나나무라가 얌전히 물러났다.

아무래도 상관없지만, 이 노래방은 의상도 그렇고 소품도 그렇고 너무 잘 갖춰놓은 거 아니냐.

포토 타임이 끝나자 다들 실컷 떠들어서 목이 칼칼해졌다.

"노래하기 전부터 너무 흥을 올렸네요. 음료 리필하실 분!"

사유의 말에 전원이 마실 새 음료를 내가 주문했다.

ㄷ자로 배치된 소파의 안쪽부터 나나무라, 미야치, 아사키, 사유, 요루카, 마지막으로 나 순서로 앉았다.

첫 번째 곡은 이미 정해놓았다는 듯 나나무라가 재빠르게 단말을 눌렀다.

"노래방에 왔잖아! 지금부터는 실컷 부르겠어!"

나나무라가 마이크를 한 손에 들고 일어나서 소리쳤다.

반주가 나오자 동시에 방이 어두워지고, 천장의 미러볼이 돌기 시작했다. 빛의 파편이 방 전체에 흩어지며 극채색의 광선이 끊임없이 교차했다.

나나무라는 특기인 랩을 보여주며 흥겨운 노래로 단숨에 분위기를 띄웠다.

용케 혀가 안 꼬인다며 감탄할 만큼 훌륭하게 박자를 맞추고 말을 폭격하며 노래하는 모습은 멋있었다.

이렇게 재주가 좋으면 여자가 꼬이는 것도 좀 이해가 간다.

"유키나미. 다음 부탁해!"

두 번째 타자인 사유는 유행하는 아이돌의 노래를, 심지어 춤까지 추면서 불렀다.

밝고 귀여운 멜로디는 듣기만 해도 즐거웠다.

비일상적인 코스프레 덕분에 아이돌 콘서트장 느낌도 팍팍 들었다. 그 완벽하게 재현하는 춤에 맞춰서 나나무라와 나는 무의식중에 응원봉 대신 탬버린과 마라카스를 흔들었다.

"응원법 정도는 해주세요!"

사유의 무모한 요구에 다들 웃었다.

나나무라와 사유의 멋진 노래로 단숨에 분위기 업.

세 번째 타자로 나선 사람은 미야치.

선곡은 놀랍게도 팝송이었다. 일본의 광고에도 쓰이는 발랄한 팝. 다들 멜로디는 알지만, 가사까지는 잘 모른다. 그걸 영어로 완벽하게 노래했다.

그러고 보면 미야치는 영어 성적이 특출나게 좋았지.

"영어 무지 잘한다."

사유는 감동하고 있다.

다음 예약곡은 아직 없었기 때문에 미야치가 연속으로 불렀다.

이번에는 확 장르가 달라져서 애니송. 심지어 우리가 태어나기 전의 노래다. 고양이 귀 메이드 모습인 미야치가 '라무의 러브송'을 귀엽게 소화했다. 그 파괴력은 어마어마했다.

"자, 다음은 누구?!"

미야치가 마이크를 배턴처럼 용맹하게 내밀었다.

받은 사람은 아사키. 노래는 시이나 링고의 '본능'.

간호복을 입고 유리를 깨는 뮤직비디오가 유명한 멋있는 노래다. 귓가에 맴도는 멜로디와 독자적인 세계관을 그리는 가사를 힘차고 관능적으로 불렀다. 짜증과 권태를 실어서 부르는 아사키의 목소리에 넋을 놓았다.

"노래하니까 기분 좋아."

아사키는 개운한 표정을 지었다.

그리고 내 차례가 돌아왔다.

여기까지 다들 노래를 잘해서 좀 부담감을 느꼈다.

인상적인 전주가 흐른다.

내가 선택한 건 순정만화가 원작인 드라마, '도망치는 건 부끄럽지만 도움이 된다'의 주제가였던 호시노 겐의 '사랑 (코이)'. 엔딩에서 출연진이 춤을 추는 통칭 코이 댄스와 맞춰서 사회현상이 되기도 했었다.

"이거, 사유도 좋아해요. 드라마도 매화 본방사수했어요!"

"나도 모든 에피를 놓치지 않고 녹화했었어."

"늘 마지막의 예고 부분이 너무 흥미진진해서 다음 주를 기다리는 게 힘들었지."

"나도 이건 언니와 같이 봤어."

요루카도 아는 노래를 선곡해서 다행이다. 나이스 선곡, 키스미!

후렴 부분에서는 다들 음악에 맞춰서 앉은 채로 코이 댄스의 안무를 따라 했다.

"땡큐!"

나는 노래를 마치고 흥분에 젖은 상태로 소리쳤다.

와와 박수가 나온 후 드디어 요루카가 나섰다.

아름다운 선율로 시작하는 선곡은 타케우치 마리야의 대표곡인 '플라스틱 러브'다.

최근 시티팝이라는 장르가 해외에서 재평가를 받으며

인기를 구가하고 있는데, 이 노래를 커버한 동영상이 어마어마한 재생수를 기록하고 있다고 한다.

어른스러운 멜로디의 명곡을 요루카는 초절정 미성으로 소화했다.

"""""""완전 잘해."""""""

듣고 있던 우리 다섯 명은 똑같은 느낌을 받았다.

가만히 곡에 집중하자 노래에서 말하는 눈부신 도시의 야경이 눈앞에 떠오르는 것 같았다.

내 여자친구는 뭐든 남들보다 잘한다며 감탄이 절로 나왔다.

모든 게 평균 이상, 취약점이 없는 것이나 마찬가지인 완벽 초인.

남들 앞에서 긴장하는 게 몇 없는 약점이지만, 기본적으로는 뭘 시켜도 잘한다.

2절 후렴구로 들어가려고 한 다음 순간,

"리필하신 음료 가져왔습니다."

철컥하고 점원이 들어왔다.

그러자 요루카는 노래하는 걸 뚝 멈추고 말았다.

반주만 흐르는 그 미묘한 정적이 생겼다.

"노래 계속하지. 점원은 익숙할 테니까 신경 안 쓸걸."

내가 귓속말했다.

"모르는 사람에겐 들려주기 싫어."

"이 멤버들은 괜찮아?"

"아슬아슬하게."

"다음엔 나 빼고 다 같이 가 보는 건?"

"무리. 키스미는 전제. 필수 조건."

"그, 그렇구나."

직설적인 말에 나도 쑥스러워졌다.

점원은 척척 새 음료를 놓은 뒤 빈 잔을 회수하고 바로 나갔다. 극도로 효율적인 베테랑의 솜씨였다.

문이 닫히자 요루카는 다시 노래했다.

으음, 역시 잘한다.

듣고 있던 우리는 여운에 잠겨서 노래가 끝나도 바로는 움직이지 못했다.

"끝."

요루카가 마이크를 테이블에 살며시 내려놓았다.

"아리사카, 대단한데! 가수 노리는 건 어때? 나 열심히 응원할게!"

"요루 선배, 지금 당장 오디션에 응모해요! 아니, 한 번 더 불러주세요! 동영상 찍어서 SNS에 올릴게요!"

나나무라와 사유는 테이블 너머로 몸을 내밀 정도로 흥분했다.

"눈에 띄는 건 싫어하니까 하지 마."

요루카는 단호하게 거절했다.

다 함께 노래방에 왔다고 해도 요루카는 역시 요루카다.

그대로 노래 순서는 두 번째 바퀴에 돌입.

각자 다양하고 풍부한 선곡으로 노래 실력을 뽐냈다.

"요루카는 왜 그렇게 노래를 잘하는 거야?"

노래를 들으면서 나는 요루카에게 질문해봤다.

"어머니가 음악을 좋아해서 옛날부터 집에서 다양한 장르의 노래를 많이 들었어. 어릴 때는 피아노도 배웠고."

"음악이 일상적으로 넘쳐났구나. 하지만 부르는 건?"

"그건 언니가 잘 불러서. 언니를 따라 하면서 자주 불렀거든. 그렇게 같이 부르는 사이에 자연스럽게 숙달되었다는 느낌."

"흐음. 지금과는 조금 인상이 다른데."

요루카가 누군가를 따라 하다니, 지금은 생각할 수 없는 일이다.

"어릴 때 일이니까."

요루카는 조금 떨떠름하게 대답했다.

"응, 이해해. 나도 동생과 목욕할 때는 매번 불렀거든. 욕실은 목소리가 잘 울리니까."

나는 무심코 오빠의 시선으로 어릴 때의 추억을 이야기하고 말았다.

육체적으로는 완전히 성장한 동생 에이에게도 당연히 아동이었던 시기가 있었다.

내가 초등학생일 때는 같이 목욕을 하기도 했다.

욕조에 들어가서 '키스미도 같이 불러' 하고 자주 조르곤 했다.

"어? 키스미, 설마 지금도 에이와 같이 목욕하는 거야?"

요루카는 의혹이 담긴 시선을 보냈다.

"그럴 리가! 말도 안 돼!"

"그렇겠지. 에이가 키스미를 워낙 좋아해서 그만. 지난번에 집에 갔을 때도 목욕하고 나온 직후였는데 전혀 동요하지 않았잖아."

"그건 그냥 에이가 무방비해서 그래. 오히려 조심성이나 수치심을 느껴달라고 하고 있는데."

나는 한숨을 쉬며 푸념했다.

여름이 되면 아직도 목욕수건 한 장만 걸친 채 어슬렁거리는 게 정말로 고통스럽다.

"뭐 어때. 얼마 후면 오빠를 싫어하게 될지도 몰라. 그러면 지금처럼 잘 따르던 시절을 돌아보면서 외로워하지 않을까."

"오히려 졸업해줘서 시원하겠지."

"허세는."

"진짜야."

"하지만 에이가 도와달라고 하면 얼마든지 힘을 빌려줄 거잖아?"

"……요루카, 그렇게 우리 남매에 대해 간파하는 게 즐거워?"

"그럼 맞았구나. 다행이다."

요루카는 자신의 짐작이 맞았다는 것에 만족스러워 보

였다.

"하나밖에 없는 동생이니까. 게다가 요루카의 언니도 마찬가지 아니야? 지난번에는 칸자키 선생님에게 협력해줬잖아."

비가 심하게 쏟아져서 우리 집에서 잤던 다음 날 아침, 우연히 내가 역까지 요루카를 배웅하는 모습을 누군가가 목격했다. 그게 학교 내에 소문이 퍼졌을 때 칸자키 선생님의 조치로 과거 제자였던 요루카의 언니가 말을 맞춰주어서 큰일이 되기 전에 수습했다.

"키스미가 연인 선언을 하는 바람에 자칫 헛수고가 될 뻔했지만."

"언니, 화났어?"

"오히려 신나게 웃었어. 재미있는 남자친구라면서."

연인의 가족에게 나쁜 인상을 주진 않은 것 같아서 나는 안도하며 가슴을 쓸어내렸다.

"번거롭게 해드려서 죄송하다고, 사과와 함께 감사하다는 말도 전해줘."

"싫어. 할 거면 직접 말해."

"어? 만나게 해주는 거야?"

"……, 아니야?! 그런 의미가 아니야. 아직 일러!"

요루카는 허둥거리면서 거절했다.

"언니가 억지로 캐물으니까, 최소한만 알려준 것뿐이야. 연인이 생겼다는 건 알지만 아직 키스미의 이름도 안 가르

115

쳐줬다고."

"아리사카가에서 내 존재는 그렇게 언터처블한 존재야?"

걱정이 되어서 무심코 진지한 톤으로 확인했다.

"단순히 내가 부끄러워서 필사적으로 숨기는 것뿐이야. 언니는 나와 달리 친구나 아는 사람이 많으니까, 순식간에 키스미에 대해 조사할 것 같아서."

"굉장히 과보호하는 언니인가 봐."

나는 최대한 호의적으로 받아들였다.

"으음, 단순히 언니는 나를 갖고 노는 걸 좋아하는 거야."

"그걸 포함해서 동생에 대한 애정표현인 거야."

"동생 입장에서는 민폐거든요."

요루카는 복잡한 표정을 지었다.

"뭐, 관대하게 봐줘."

"그건 오빠 입장의 본심?"

"노코멘트."

"키스미와 에이가 친한 건 다 아니까."

"그쪽이야말로. 내가 보기에도 요루카와 언니는 좋은 자매인 것 같은데."

요루카의 말에서 상상해보면, 동생을 너무 좋아해서 마구 귀여워하는 타입으로 보였다.

"……뭐, 조만간 얼굴을 보게 되겠지. 아부해서 언니 편들지 마."

"그때는 전력으로 요루카를 칭찬할 거니까 안심해."

"그런 건 언니가 제일 기뻐하니까 하지 마."

"뭐 어때. 내 눈으로 본 아리사카 요루카의 매력을 남김없이 전하고 싶은데."

"그러면 다음에 세나 집에 갔을 때 똑같은 걸 나도 할 거야."

요루카는 몸부림치면서 위협했다.

"……엄청 가혹하잖아."

에이는 기뻐하며 더 들려달라고 할 것이다. 여기에 부모님까지 동석했을 경우에는 평정을 유지할 자신이 없다.

연인의 입에서 가족에게 자신의 다른 일면을 폭로한다는 건 제법 부끄러운 일이었다.

"그렇지?"

칭찬을 듣는 게 익숙하지 않은 사람에게는 상당히 간질간질한 상황이다.

"여보세요. 아까부터 둘만의 세계에 들어가 있지 말라고."

나나무라의 장난기 어린 목소리에 정신을 차렸다.

어느새 노래가 끝나 있었다.

다른 네 명이 우리를 빤히 보고 있었던 모양이다.

코까지 찡긋거리면서 실실 웃는 나나무라. 훈훈하게 지켜보는 미야치. 어이가 없다는 얼굴인 아사키. 그리고 사랑에 한껏 들뜬 선배인 나에게 싸늘한 시선을 보내는 사유.

"키이 선배. 망상은 자유지만 벌써 부모님에게 인사라니 너무 성급해요. 부담 백배라고요."

"뭐 어때. 우리끼리 하는 이야기인데."

"고등학생의 연애에서 결혼까지 생각하다니 로맨티시스트네요."

"로망일 리가. 언젠가는 서로의 가족과 만날 거 아냐."

"하아. 열렬한 건 좋지만 처음부터 불이 너무 세면 금방 다 타버릴 거예요."

"오히려 계속 탈 거거든."

"그야, 요루 선배는 미인이니까 키이 선배가 들뜨는 마음도 알지만요. 하지만 너무 기대하면 어딘가에 걸려 넘어질 거예요."

사유는 타이르듯이 조언했다.

"유키나미는 사고방식이 드라이하구나."

미야치는 흥미롭다는 듯 들었다.

"뭐, 헤어질 때는 헤어지겠지. 싸워서 헤어지는 게 아니라고 해도 점점 신선함은 사라지기 마련이고, 익숙해져서 질리기도 해. 그럴 때 헤어지냐 아니냐는 당사자 간의 문제고."

나나무라는 깔끔하게 선을 그었다.

"연애에 낭만이 없구나, 나나무라는."

"연애는 현실이야. 사랑에 꿈을 꾸는 사람이라고 해도 실제 사람과 만나는 사이에 싫어도 눈을 뜨게 돼. 오히려 뜨지 않으면 위험하지. 뭐든 다 생각하는 대로 흘러가진 않고, 자신도 상대방의 이상에 그대로 맞출 순 없어. …… 하세쿠라도 영락없이 이쪽 타입이라고 생각했는데."

아사키의 말에 나나무라는 의외라는 듯한 반응이었다.

"내가 쉽게 사람을 좋아할 수 없는 타입이라 그런가. 누군가를 좋아한다는 걸 알아차리는 순간은 역시 특별한 느낌이야. 남이 보면 분명 별것 아닌 일이겠지만, 나에게는 결정적인 일이기도 하고."

아사키는 난잡한 테이블에 살짝 시선을 떨구면서 자신의 연애관을 말했다.

우리는 그걸 묵묵히 들었다.

그 분위기를 알아챈 아사키는 당황하면서 '뭐, 연애 경험이 많은 사람에게는 몽상가처럼 느껴질지도 모르겠지만!' 하며 얼버무렸다.

"그거, 약간 알 것 같아."

처음에 동의한 사람은 요루카였다.

요루카와 아사키의 눈이 오늘 처음으로 마주친 것 같다.

나도 나나무라도 미야치도 조용히 놀랐다.

무엇보다 아사키가 가장 놀랐다.

"고마워, 아리사카."

"조금 더 듣고 싶어."

요루카의 요청에 아사키가 말을 이었다.

"연애라는 건 상대방과 사귀는 상태만을 가리키는 게 아니라 그 전의 완만한 과정도 포함된다고 생각해. 극단적으로 말하자면, 사랑은 혼자서도 할 수 있다는 느낌."

"응."

요루카가 맞장구를 쳤다.

"좋아하는 사람을 생각하는 시간도 어엿한 연애가 아닐까. 왜냐하면 그것만으로도 즐겁잖아. 머릿속에서만 일어나는 일일 뿐이라도, 상상만으로도 가슴이 설레는 건 멋지다고 봐."

누군가를 좋아하게 된다── 그건 무척 풍족한 시간이다.

이뤄지는 것만이 연애가 아니다.

애틋한 기분이 밀어닥칠 때도 있다.

짝사랑인 상태가 편한 경우도 있을 것이다.

진전하고 싶지만, 성취는 꿈이나 환상으로 끝날지도 모른다.

"짝사랑으로 끝나는지, 상대방에게 고백할지. 고백하고 싶다면 먼저 연락처를 교환해서 우선은 같이 놀러 가자고 하며 관계를 쌓아가자는 등 구체적인 행동으로 넘어가지. 그제야 간신히 현실과 이어지는 게 아닐까."

요루카는 진지한 표정으로 고개를 끄덕였다.

사랑을 한 적이 있다면 누구나 겪어본 실감일 것이다.

그것은, 어쩌면 풋풋한 감상이나 유치한 착각일지도 모른다.

여러 번 사랑을 겪어보면, 어쩌면 익숙해지고 혹은 둔해지기도 하겠지.

하지만 청춘이란 미숙하고 민감하고── 그렇기에 특별하다고 생각한다.

"──그렇게 실연을 미화해서 어른이 되라는 거예요?"

불만 어린 목소리를 낸 사람은 사유였다.
"어째서 그렇게 생각해?"
아사키는 후배에게 조용히 되물었다.
"그야 짝사랑을 낭만적으로 긍정해서, 실패한 사랑을 즐거웠던 추억으로 만들라는 거잖아요. 속상하지 않아요? 힘들지 않아요?"
"잠깐, 사유. 갑자기 왜 그래?"
"키이 선배는 가만히 있어요."
중재하려고 끼어든 나를 사유가 날카롭게 노려보았다.
"……사유가 왜 그렇게 흥분했는지는 그렇다 쳐도, 그 답은 간단해."
"듣고 싶어요."
"설령 차였어도 진지하게 대답해준 사람이라면, 내 안목은 틀리지 않았다고. 그렇게 생각할 수 있잖아. 그건 상처가 아니라 제대로 나의 자신감이 돼."
아사키는 산뜻한 목소리로 대답했다.
"그렇게 토양으로 삼아서, 상대방이 죽도록 후회할 만큼 멋진 여자가 되어야 하는 거야."
아주 잠깐, 내 쪽을 본 것 같은 느낌이 든다.
그렇게 단언할 수 있는 하세쿠라 아사키라는 여자는, 역시 멋있었다.

"잠깐 손 씻으러 다녀올게요."

유키나미가 방에서 뛰쳐나갔다.

"나도 열변하고 말았네. 아, 마실 거 리필 주문해줘. 만약을 위해 상태를 보고 올게."

즉시 아사키도 뒤를 쫓아가듯이 복도로 나갔다.

"왜 저러는 걸까? 유키나미."

"유키나미도 고민이 많은 시기라거나?"

"사유가 엄청 노려봤어."

내 말을 계기로 나나무도 스미스미도 감상을 흘렸다.

"유키나미, 드라이해 보이는데 의외로 순정파라거나?"

"무언가가 마음의 어딘가를 건드린 거겠지. 스미스미도 예상하지 못한 모양이고."

내가 토스하자 얼떨떨해하던 스미스미가 먼저 사과했다.

"분위기 흐려서 미안해. 평소엔 저런 애가 아닌데. 나도 솔직히 놀랐어."

"딱히 신경 쓰지 마. 저 정도는 별거 아니야."

"맞아. 스미스미도 딱히 주선자라거나 선배라고 해서 신경 안 써도 돼."

"하지만 일단 내 후배니까. 이렇게 다 같이 놀게 되었는데. 모처럼 만났으니 사유와 친해졌으면 좋겠어."

스미스미는 자기 일인 양 움츠러들었다.

이런 성실한 점을 좋게 보고 칸자키 선생님이 학급 임원으로 임명한 거겠지.

"으음, 부활동 선후배라는 건 역시 그런 느낌인 거야? 그건 중학생 때만 그런 거잖아? 계속 똑같은 것도 좀?"

"미야우치, 어쩔 수 없어. 연대책임은 체육계의 악습이거든."

"나나무는 그런 것치고 자기 멋대로 하는 인상인데."

"하하하, 팀을 짊어진 에이스님에게만 허락되는 특권인 거지."

"그럼 스미스미도 농구부에 복귀시켜줘. 그 특권이라는 걸로."

내가 톡 쏘아붙이자 나나무는 그 길쭉한 몸을 웅크렸다.

"미야우치, 그건 지적하지 말아줘."

"그래, 미야치. 나도 이제 와서 돌아갈 마음 없어."

"남자끼리의 연대감은 참 비겁하다니까. 요루요루도 그렇게 생각하지 않아?"

나는 아까부터 조용한 요루요루에게 동의를 구했다.

그녀는 대답하지 않고 무언가 생각에 잠겨 있었다.

"……요루요루, 왜 그래?"

"조금 전의 사유가 한 말을 반추하고 있었어. 그랬더니 나는 못 하겠어서."

"못 하겠다니, 뭘를?"

"'실패한 사랑을 즐거웠던 추억으로 만들라'는 부분."

요루요루는 오묘한 표정으로 대답했다.

"요루카. 그건 실연에 미련을 남기지 말고 다음에 살리라는 의미야."

"나도 알아. 다만, 그건 지금 하는 연애가 끝나고 과거가 된다는 뜻이잖아. 그건 절대로 싫어서. 못 하겠다고 생각했어. 그러니까."

그녀는 말을 잠깐 끊고, 연인인 그를 바라보며 말했다.

"나는 키스미와 계속 같이 있고 싶어. 미래까지 계속."

그는 멍한 표정으로 그녀의 얼굴을 바라보았다.

"뭐 어때. 내 희망 사항인데. 그렇게 쳐다보지 마."

"나, 오늘이라는 날을 평생 잊지 않을래!"

"호들갑스럽긴."

"그 정도로 감동했어. 심장에 각인하고 싶어. 잊고 싶지 않아!"

기뻐서 날뛰는 스미스미는 요루요루와 거리를 바싹 좁히려고 했다.

"여기는 미술 준비실이 아니야, 바보야!"

하지만 요루요루가 밀어냈다.

"아리사카가 너무 순수해서 눈이 부셔."

"요루요루, 이쪽이 부끄러워지거든."

생각지도 못하게 세나 키스미와 아리사카 요루카의 너

무나도 퓨어한 열애를 보고 말았다.

　눈이 마주친 나와 나나무는 잠깐 자리를 비켜줄까 하는 생각을 했다.

아사키가 화장실로 향했지만 안에는 아무도 없었다.

"돌아간 건가? 하지만 짐은 방에 두고 갔는데, 교복으로 갈아입지도 않았고."

2대 있는 엘리베이터의 층 표시판에는 둘 다 위쪽 층이 떠 있었다.

"그렇다면……."

아사키는 외부계단으로 나가는 문에 시선을 주었다.

무거운 그 문을 열었다.

전망이 좋고, 하늘이 넓게 펼쳐져 있어서 기분이 좋았다.

하지만 아래쪽을 보면 빌딩이 비좁게 들어서 있는 역 앞다운 혼잡한 경치.

유키나미 사유는 계단을 조금 내려간 층계참에 있었다.

난간에 몸을 기대고 해가 저무는 것을 바라보고 있다.

"손수건 빌려줄까?"

아사키는 사유의 등에서 느껴지는 기적으로 상황을 파악하고 그렇게 말을 걸었다.

"……, 괜찮아요. 제 거 있으니까."

"코스프레 옷인데?"

그 말에 사유는 장난감 권총과 수갑밖에 없다는 걸 깨달았다.

"자, 여기 있어. 눈물 닦아."

간호복 위에 본인의 카디건을 걸쳤던 아사키는 주머니에 예비 손수건을 늘 넣어두고 있었다.

　"준비성이 좋네요."

　"손수건을 두 장 들고 다니거든."

　"아사 선배가 남자라면 틀림없이 반했을 거예요."

　사유는 손수건을 얌전히 받은 뒤 뺨을 살며시 닦았다.

　"사유는 여자잖아. 그리고 나도 여자."

　아사키는 가벼운 말투로 대답하면서 사유의 옆에 섰다.

　"평범한 남학생이라면 이렇게 깔끔하게는 못 하죠."

　"대부분은 너무 몸을 사리거나, 위로를 강요하곤 하니까."

　공감한다는 양 두 사람은 동시에 웃었다.

　"정말, 아사 선배는 타이밍이 너무 좋아요. 여기에 있는 것도 용케 알았네요."

　"나 이런 흐름이나 분위기나, 상대방이 해주길 바라는 걸 파악하는 게 특기거든."

　그건 하세쿠라 아사키의 재능 중 하나였다.

　상대방의 감정이나 본심을 세심하게 감지하고, 어떤 것을 해주면 좋을지 적확하게 판단할 수 있다.

　상대방이 원하는 말을 건네면 대부분은 싫어하지 않는다.

　많은 경우는 호의로 돌아온다.

　따라서 아사키는 어릴 때부터 인간관계에 고생한 적이 없다.

　남녀불문 균형 좋게 상대와 거리를 잡고, 어떤 커뮤니티에 소속해도 자연스럽게 중심에 놓이게 된다.

다행히 아사키는 사람들이 자신에게 그런 것을 바라는 게 싫지 않았다.

학교에서는 학급 임원. 소속된 다도부에서는 수많은 동급생 중에서도 리더 역할을 담당. 주위에서 '내년 부장은 하세쿠라밖에 없어'라는 말도 들었다.

요컨대 인심장악력이 탁월한 것이다.

남에게 호기심도 강하고, 자연스럽게 사람의 이름을 외우는 게 특기가 되었다.

꼼꼼히 상대방을 관찰할수록 그 사람의 됨됨이를 발견할 수 있는 게 재미있다.

반면, 막대한 인간군상의 패턴을 기억하고 있기 때문에 가슴을 두근거리게 하는 상대를 만날 수 없다.

대부분은 만난 적이 있는 유형에 속한다.

나나무라 류에게서는 낭만주의자라는 평을 들었으나, 스스로는 오히려 연애에 너무 냉정하다고 생각하고 있다.

고백을 받을 때마다 친구들은 입을 모아 '일단 사귀어 보지 그래?'라고 말한다.

하지만 처음부터 상대방의 됨됨이가 상상이 가기 때문에, 아사키는 도저히 사귀고 싶은 마음이 들지 않았다.

애초에 그런 식으로 가볍게 사귀는 감각을 이해하지 못했다.

심지어 일부러 지루하다는 걸 아는 것에 시간을 할애하

는 건 아깝다.

대학 추천 입학을 목표로 하는 아사키에게 연애라는 오락보다는 미래를 대비한 준비가 더 중요했다.

결과적으로 하세쿠라 아사키에게 연애의 우선순위가 낮아지는 건 필연이었다.

그 예외로 나타난 사람이 세나 키스미다.

얼핏 눈에 띄는 구석이 없는 남자.

그는 무자각으로 타인에게 맞춰주는 것을 잘한다.

늘 남에게 맞추기만 하는 아사키에게, 남이 자신에게 맞춰준다는 건 무척 기분이 좋고 편했다.

그렇게 그와 소소하게 오가던 대화를 어느새 즐겁다고 느끼게 되었다.

"아사 선배처럼 예쁜 사람이 절묘한 타이밍에 말을 걸면 단숨에 사랑에 빠질걸요. 만약 고백 같은 걸 받았다간 즉각 OK 할 수밖에 없어요."

"그런데 그렇지도 않았단 말이지……."

"그 차였다는 사람 말이죠? 대체 어떤 이유로 안 된 거였어요?"

"강력한 라이벌이 있었어. 그것뿐이려나."

"아사 선배에게 지지 않는 사람이라니, 그야말로 요루 선배 정도나──."

사유는 그렇게 말을 하다가 굳었다.

그리고는 바들바들 떨면서 답을 대조했다.

"아, 아사 선배가 고백했다가 차인 사람, 키이 선배예요?"

"응."

아사키는 선뜻 인정했다.

"말도 안 돼! 아, 아니. 왜?! 이 이상 황당한 일이 일어나지 말라고!"

사유는 그 자리에서 빙글빙글 돌듯이 맹렬하게 동요했다.

"그렇게 움직이면 위험해."

자칫 난간 너머로 떨어지면 큰일이다.

"너무 생각지도 못한 일이라 어쩐지 충격이에요."

"그를 좋아하게 되는 게 이상한가?"

"이상하다기보다는, 왜 굳이 키이 선배인지 알 수 없어서."

"그걸 사유가 말하는 거야?"

아사키는 다 꿰뚫어 보고 있다는 듯 후배를 보았다.

"……아사 선배는, 어째서 고백하려고 생각한 거죠?"

"오, 적극적으로 물어보네."

"여기에는 저희밖에 없잖아요."

꼭 물어보고 싶다고, 사유의 눈이 필사적으로 애원하고 있었다.

확실히 해 질 녘의 외부계단은 비밀 이야기를 하기에 딱 좋았다.

"키스미보다 멋진 사람은 있지. 성적이 좋은 사람, 운동을 잘하는 사람, 돈이 많은 사람. 똑똑한 사람, 재미있는 사람, 활력이 넘치는 사람. 그런, 누가 봐도 판단할 수 있는 특징은 그에게는 없다고 생각해. 본인도 밋밋하다거나 평범하다거나 보통 사람이라는 소릴 자주 하잖아?"

"네, 많이 말하죠."

사유는 격렬하게 동의했다.

"하지만 나는 누군가에게 자랑하고 싶은 연인을 사귀고 싶은 게 아니야. 솔직히 계속 친구로 지냈어도 딱히 상관없었을 거야."

2학년이 되어 하세쿠라 아사키는 세나 키스미와 같은 반이 되었다.

학급 임원으로서 작년부터 교류는 있었다. 그가 어떤 사람인지 알기 때문에 올해의 파트너로서는 부족함이 없다. 그는 늘 전체를 보고, 세세하게 잘 보조하기 때문에 든든하다.

일하기 쉽고, 고민이 있다면 같은 수준에서 공유할 수 있고 같이 생각해준다.

그런 일상의 작은 것들이 쌓여서 호감을 키워간다.

아사키는 좋아한다는 걸 자각하면서도 서둘러 관계성을 바꾸려는 생각은 하지 않았다.

하세쿠라 아사키에게 연애의 우선순위는 높지 않다.

하지만 그 순위를 뒤엎어버릴 만한 사건이 일어나고 말았다.

"그가 상처받은 얼굴을 봤을 때 눈치챘어. 아, 내가 그를 위로해주고 싶다. 나와 함께 있으면서 웃었으면 좋겠다.

더 깊이 교류하고 싶다고."

그러자 사유는 기껏 진정되었던 눈물을 또 흘렸다.

"왜 또 우는 거야."

"그야, 아사 선배, 이야기가, 공감이, 가서허어엉."

"감동의 눈물이라면 괜찮은데."

훌쩍이는 사유의 눈물이 멈추는 걸 조용히 기다렸다.

하늘은 천천히 오렌지색에서 보라색으로, 그리고 밤의 색으로 바뀌어간다.

"고백할 때 참고할 만한 요령 같은 게 있나요?"

회복한 사유가 한층 조언을 요청했다.

"차인 나에게 물어보는 거야?"

"아사 선배의 고백이라면 보통은 반드시 성공하니까요!"

"고백이 잘 될지 안 될지는, 상성과 타이밍이야."

아사키는 간결하게 단언했다.

"커뮤니케이션을 거듭해서 호감을 느끼게 해야지. 그 후에 마무리로 고백."

"고백이, 마무리."

"그래. 들인 시간은 상관없어. 그 전제가 갖춰지지 않고 고백하니까 실패하는 거야. 여기에 마지막으로 상성과 타이밍이 중요해진다는 느낌."

"아사 선배는, 그걸 알고 있었으면서도 실패한 거였죠?"

"마지막에 역전을 당했거든."

그 방과 후, 그 순간이야말로 최적.

그렇게 직감한 아사키는 상처받은 그에게 마음을 고백했다.

그는 망설였지만, 그대로 갔다면 연인이 되었을 터이다.

하지만 운명은 아사키의 수를 배신하듯이 최고의 타이밍에서 최강의 라이벌을 등장시켰다.

아리사카 요루카는 자신의 모든 것을 걸어 연인인 세나 키스미를 되찾으러 왔다.

자신은 그렇게 정열적으로 행동하지 못한다.

그렇게 감탄한 아사키는 순순히 물러났다.

다시 떠올려봐도 조금 웃음이 나온다.

오늘 노래방도 아사키의 참가가 정해지자마자 그 아리사카 요루카도 오게 되었다.

완전히 경계하고 있는 줄 알았는데, 조금 전처럼 연애에 대해 이야기하자 아리사카 요루카가 가장 공감하는 게 신기하다.

"연애는 참 재미있지. 아무리 잘 된다고 생각해도 100%는 존재하지 않으니까."

그리고 여기에 자신과 같은 처지에 놓인 후배와 만났다.

"애초에, 사유도 키스미를 좋아하지?"

"어, 어째서 아는 거예요?"

아사키에게 들키자 사유는 동요했다.

"그야 눈은 입만큼 말한다고 하잖아. 키스미를 보는 사유의 시선에는 러브가 넘쳐났는걸."

"키이 선배에게는 안 들켰죠? 무지막지 돌아가기 거북한데요."

"모르겠지."

아사키는 장난기 있게 웃었다.

"아까도 어마어마하게 노려봤는데요."

"물러. 네가 싸우는 상대는 아리사카라고. 그녀라면 더 날카롭게 노려봐."

"그런 미인의 시선을 정면으로 받으면서 무섭진 않은 걸까요?"

"그게 괜찮으니까 사귈 수 있는 거겠지."

"마조히스트인가?"

"글쎄. 하지만 다른 남자가 다들 아리사카 앞에서 주눅이 드는 가운데 키스미만이 연인이 된 건 사실이니까."

"키이 선배는 여차할 때는 뻔뻔하다고 해야 하나, 굽히지 않으니까요."

"하지만 그런 그를 한결같이 따라와 같은 고등학교에 들어온 거잖아?"

사유는 깊은 한숨을 쉬었다.

"그렇게 로맨틱한 건 아니에요."

"괜찮다면 이번에는 사유의 이야기를 들려줬으면 하는데."

아사키의 부드러운 목소리에 어깨를 흠칫 떠는 사유.

"……키이 선배는 너무 가까웠어요. 옆에 있는 게 너무 당연해서, 편하고 즐겁고. 이 감정이 선배에 대한 신뢰가 아니라 연애 감정이라는 걸 눈치챈 건 키이 선배가 부활동을 은퇴한 뒤였거든요."

"바로 고백하지 않은 거야?"

"의식하기 시작했더니 갑자기 말이 제대로 나오지 않더라고요. 마침 키이 선배도 은퇴한 뒤로는 바로 수험 모드에 들어가서 라인을 하는 횟수도 줄어들었고."

"부활동에서 못 만나고. 학년도 다르고. 연락도 자중하고. 일반적인 연애의 정석으로 보자면 정반대의 행동이네."

"저, 저는 키이 선배를 배려한 건데."

"그렇게 자신이 행동하지 못하는 변명으로 삼았지?"

"엄격하네요."

"그야, 중학생 때 고백했다면 사귈 수 있었을 테니까? 적어도 지금보다 100배는 승산이 있었다고 보는데."

세나 키스미와 유키나미 사유는 단단한 인연으로 맺어져 있다고, 아사키는 두 사람을 보면서 느꼈다.

계기만 있다면 연인 관계로 발전하기도 쉽다.

──적어도 중학생 때의 두 사람이었다면 상성과 타이밍이라는 요건은 충족하고 있었다.

"그렇단 말이죠. 고등학교에서 키이 선배에게 여자친구

가 생겼다니, 완전히 예상하지 못했어요."

사유는 고개를 푹 떨궜다.

숨겨두었던 절망과 비장감이 단숨에 드러났다.

"키이 선배를 좋아할 만한 괴짜는 또 없을 거라고 생각했다고요!"

진심에서 우러나온 한탄은 보고 있기 딱했다.

"심지어 친구 관계까지 전보다 화려해졌다니 대체 뭐예요? 나나무라 선배는 농구부 에이스고, 미야우치 선배는 깜찍큐트하고. 아사 선배는 분위기 파악을 끝내주게 잘하는 미인에다 같은 학급 임원까지 하고 있고. 여기에 결정적으로 요루 선배가요! 그런 최강 스펙을 갖췄으면서 왜 키이 선배와 사귀는 거죠? 말도 안 된다고요! 뿌우!"

쌓아두었던 감정이 폭발했다.

중학생 때의 밋밋하고 평범한 세나 키스미를 아는 사유 입장에선 화려한 친구 목록이 경악스러웠다.

"아하하. 실연이 완전히 비틀렸네."

"웃을 일이 아니라고요. 게다가 저, 아직 **실연조차 하지 못했어요.**"

노을에 비친 울적한 표정의 사유.

"고등학교까지 쫓아오다니, 용감하잖아."

"제 생각에도 참 빙빙 돌아간다 싶어요. 하지만 좋아하는 사람과 같은 학교에서 연애할 수 있다면 즐겁잖아요."

"왜 그렇게까지 키스미인 거야?"

"반은 고집 같은 거예요. 잊으려고 해도 잊지 못했고……."

"선을 긋는 것도 중요해. 중학생 때부터 좋아했다면 3년 가까이 짝사랑한 거잖아? 너무 오래 끌어안은 감정은 뒤틀리기 십상이거든."

"하, 한 번뿐이지만 고백하려고 했었어요! 하지만 키이 선배가 오지 않아서."

"키스미는 약속을 잊어버리는 타입이 아니잖아? 제대로 전했어?"

"제 은퇴 시합을 응원하러 와달라고 라인 보냈어요! 읽음 표시도, 떴었는데."

당시를 떠올리고 시무룩해지는 사유의 모습은 귀여웠다.

"그런 충격을 받았다면 화를 내고 미워하게 될 법한데."

"답장조차 오지 않았던 건 처음이었으니까……."

"그거, 제대로 확인했어?"

사유는 시선을 피하며 침묵했다.

"좋아. 그럼 지금부터 확인하러 갈까."

아사키는 발걸음도 가볍게 몸을 틀어 계단을 올라가려 했다.

사유는 아사키의 팔을 잡고 말렸다.

"네, 작년 여름엔 무서워서 확인하지 못했습니다! 문제 있어요?"

작년 여름이라면, 세나 키스미가 농구부를 그만둔 시기와 겹쳤을지도 모른다.

사유가 말하는 걸 보면 그 사실은 모르는 모양이었다.

"결심이 서지 않아서 제일 힘든 건 사유일 텐데."

"알아요! 알지만요!"

길게 끌수록 장벽이 올라가는 건 사유도 신물이 날 만큼 자각하고 있었다.

짝사랑은 맺어지지 않는 대신, 결론이 나지 않았으니까 계속 즐길 수 있다.

가능성이 남아있다── 오직 그것만으로도 구원이 되기도 한다.

"사유. 중학생 때로 돌아가고 싶다면 추천하지 않아."

"오히려 거절이에요. 키이 선배는 아직도 절 대하는 방식이 중학생 때와 달라지지 않는 게 열 받을 정도니까요."

"키스미 답네."

"맞아요. 키이 선배는 전혀 달라지지 않았어요. 그래서 더 분해요."

"분하다고?"

사유는 아랫입술을 깨물고 응어리져있던 한을 토해냈다.

"그 사람은 이웃이라는 이유만으로 계속 저를 도와줬거든요. 그 탓에 남자 농구부 선배들이 우습게 보기도 했고요. 유키나미 사유의 전속 매니저네 하면서 놀리고. 하지만 너희들이야말로 키이 선배의 발끝만큼도 못하면서! 아무리 눈에 띄지 않는 일이라도 소홀히 하지 않고, 책임감 있게 하는 사람이에요. 주변의 목소리에 휘둘리지 않고 묵묵하게, 수수하지만 중요한 것을 완수하죠. 그런 성실한 면과 마음이 넓은 점이 좋아서…….”

“자기 말고도 그 매력을 알아본 사람이 있다는 게 분하다는 거구나. 복잡한 심경이네.”

아사키는 순정적인 후배를 흐뭇하게 바라보았다.

“차라리 키이 선배가 고등학교에 들어가서 날라리가 되었다면 실망할 수 있었겠지만요.”

사유는 얼굴을 들고 등을 폈다.

“하지만 키스미에게 말을 걸었다는 건, 아직 포기하지 않았다는 거지?”

아사키는 진심을 물었다.

“네. 이 사랑에 결판을 내겠습니다.”

운동부 출신다운 쾌활한 말투에 아사키는 싱긋 웃었다.

“그럼 응원 대신 한 가지 힌트를 줄게. 작년 여름, 네 은퇴 시합에 오지 못한 이유를 본인에게 제대로 물어보는 게 좋을 거야.”

사유는 구체적인 조언을 받은 것에 눈이 휘둥그레졌다.

“네! 확인해볼게요!”

“응. 그럼 돌아갈까.”

계단을 올라가 문을 열기 전, 사유가 사과했다.

“아까는 죄송합니다. 제가 기분 전환하자면서 권해놓고. 좀 시비 거는 듯한 말을 해버려서요.”

“고뇌하는 후배를 이끌어주는 것도 선배의 역할이야. 신경 쓰지 마."

"저기, 앞으로 사부라고 불러도 돼요?"

"그건 싫어."

"뿌우! 아사 선배, 엄격해요."

"하아, 사랑에 빠진 소녀에게 옮아버렸나. 실컷 연애 이야기를 하고 말았네."

"후배를 이끌어준단 말을 하자마자 한탄하지 마세요!"

"그야 사유는 상상했던 것보다 더 진지한걸."

"인생은 짧으니 사랑하라 소녀여——라는 거죠."

그 말은 문득 아사키의 심금을 울렸다.

"……우리는 앞으로 몇 번 사랑에 빠질 수 있을까."

아사키는 문을 열었다.

"아사 선배라면 얼마든지 할 수 있을 거라고 보는데요."

"사귀는 것과 진심으로 사랑하는 건 일치한다는 보장이 없잖아."

개중에는 매번 전력으로 상대방을 좋아할 수 있는 사람도 있을 것이다.

하지만 하세쿠라 아사키에게는 무리였다.

——특별하게 좋아하는 사람에게서 사랑받고 싶다.

그렇게 아사키는 드디어 깨달았다.

단순한 일이다.

"그렇구나. 나, 아리사카가 부러운 거야."

아무도 듣지 못하도록, 작게 중얼거렸다.

입 밖으로 내자마자, 가슴속 깊은 곳에 끌어안고 있던 위화감이 실연의 아픔임을 간신히 눈치챘다.

◇ ◇ ◇

아사키와 사유가 돌아왔을 때는 마침 나나무라의 열창이 끝난 타이밍이었다.

"어서 와. 화장실에 오래도 있었네."

"나나무라, 세심함이 너무 부족해. 반성해."

아사키가 웃으면서 원래의 자리에 앉았다.

사유는 유독 힘이 들어간 얼굴로 나를 보고 있었다.

"……왜 그래? 사유. 얼굴이 무서운데."

"으음. 잠깐 질문이 있는데 물어봐도 돼요?"

"왜 그렇게 새삼스러워. 딱히 상관없어."

사유의 긴장이 전해져서 나마저 무심코 뻣뻣해졌다.

요루카도 미야치도 사유의 다음 말을 기다리고 있었다.

"저기! 이유를 가르쳐주세요!"

"무슨 이유?"

"작년 여름에 제 은퇴 시합에 오지 않았던 이유요."

"은퇴, 시합……."

"저 연락했잖아요. 읽음도 떴다고요. 후배의 마지막 무대 정도는 응원하러 와 줄 수도 있지 않아요? 그, 하다못해 거절하는 답장 정도는, 달라고요."

사유는 쥐어 짜내듯이 나에게 물었다.

——작년, 여름.

"어?!"

그래, 마침 그 시기다.

"사유, 미안해. 그 시기엔 좀 정신이 없어서."

"이제 와서 사과해도 용서 못 해요!"

내 반응을 보고 사유는 당연하게도 언짢아했다.

"저기, 유키나미가 말하는 건 여름 대회지? 날짜 아직
기억해?"

나나무라가 여느 때와 달리 진지한 목소리로 물었다.

사유가 날짜를 대답하자 나나무라, 미야치는 이해했다
는 표정이 되었다.

"……아. 혹시, 그때야?"

요루카도 짐작이 간 모양이다.

"어? 뭐예요? 작년 여름에 무슨 일 있었어요?"

2학년들의 반응에 사유가 의심스러워하며 물었다.

"미안, 유키나미. 세나가 응원하러 가지 못한 건 내가 원인
이야. 그때는 일이 좀 있어서, 세나는 조금도 나쁘지 않아."

"왜 나나무라 선배가 사과하는데요? 저에게도 제대로
가르쳐주세요."

그 자신만만한 나나무라가 나서서 사과하는 상황에 사
유는 곤혹스러워했다.

"농구부에서 다른 학교랑 연습 시합을 하던 도중에 싸움

이 났거든. 그래서 나나무를 감싼 스미스미가 책임을 지게
되어서 퇴부했어."

미야치는 담담한 목소리로 사실만을 읊었다.

"사유. 연락하지 못해서 미안해. 그때는 마음의 여유가
없었어. 미안⋯⋯."

"아, 아니. 키이 선배도 제법이잖아요. 어⋯⋯ 놀랐어요.
친구를 감싸다니 용감하네요. 그런 거라면 어쩔 수 없죠.
하하, 영락없이 미움받은 줄."

처음 알게 된 1년 전의 진실에 사유도 당황했다.

"그럴 리 없잖아! 제대로 알았다면 응원하러 갔어!"

"네. ⋯⋯무시한 게 아니라는 걸 알아서 다행이에요."

내 사과를 받은 사유가 갑자기 얌전해졌다.

"그래. 키스미에게서 답장이 늦어지면 짜증 나지."

옆에서 요루카가 깊이 공감하고 있었다.

"여기서 요루카가 동의하지 마."

"반응이 없으면 불안하다고."

"나와 사귀기 전에는 라인 잘 쓰지도 않았으면서."

"키스미와 라인하는 건 즐거워. 만약 불편하면, 조금은,
참을, 테지만⋯⋯."

매일같이 라인으로 대화하는 요루카는 슬퍼하는 표정이
되었다.

깜빡 먼저 잠들어버리면 다음 날 아침에는 불만 가득한
메시지가 와 있다.

나는 그것조차 사랑스럽다고 느낀다.

"지난번에도 0시에 딱 맞춰서 보냈잖아."

반나절도 참지 못하는 요루카가 며칠씩 라인을 봉인할 수 있을까.

"그, 그건 다음 날 아침에 지각하지 않도록 깨어 있을 때 보낸 것뿐이야!"

"알지. 나도 즐거우니까 지금 이대로 부탁드립니다."

"그럼 다행이고!"

활짝 표정이 밝아지는 요루카.

그런 연인의 솔직한 반응에 나도 기뻐졌다.

"여보세요. 이 틈을 타서 시시덕거리지 마라? 축 처지는 이야기는 끝! 아직 종료 시각까지 시간이 있어. 노래방에 왔으니까 더 노래해!"

"두 사람이 없는 동안 우리끼리 노래했으니까 예약 많이 넣어도 괜찮아."

나나무라와 미야치가 선곡을 재촉했다.

"그럼 제가 노래하겠습니다!"

갑자기 기운을 회복한 사유가 힘차게 마이크를 잡았다.

빠른 템포의 밝은 노래가 흐르기 시작하자 물 만난 고기처럼 흥겹게 노래한다.

간주가 되자 사유는 아사키 쪽으로 힐끗 시선을 주었다.

아사키는 그 기뻐 보이는 후배의 얼굴을 보고는 만족스럽게 고개를 끄덕였다.

나갔다 돌아온 두 사람은 어쩐지 단단한 신뢰로 이어진 것처럼 보였다.

◇ ◇ ◇

"제 것까지 내주셔서 감사합니다!"

입학 축하라는 이유로 사유가 낼 돈은 우리 2학년이 나눠서 내게 되었다.

주선자인 내가 계산을 마치고 가게 밖으로 나오자 완전히 밤이 되어 있었다.

밖에서 기다리고 있던 일행도 기분 탓인지 피곤해 보였다. 상당히 오랫동안 노래해서 그런가.

"아아, 마지막에 너무 질러서 목 아파."

"나나무, 부활동 때문에 평소에도 큰 소리는 많이 내지 않아?"

너무 질러댄 나나무라와 달리 노래를 잘하는 미야치는 여유로워 보였다.

"퇴실 시간이 가까워지면 뭔가 전력을 다 내야 한다는 생각 안 들어?"

"맞아. 아직 부르지 않은 노래가 갑자기 떠오르기도 하고."

미야치가 '어쩔 수 없다니까'라며 가방에서 꺼낸 것은 목캔디였다.

"오. 땡큐, 미야우치."

"스미스미와 요루요루는 괜찮아? 먹을래?"

"나는 괜찮아. 준비성이 좋은데."

"나도 됐어. 고마워."

요루카는 차분한 얼굴로 미야치 옆에 섰다.

오늘의 요루카를 돌아보면 주로 나와 미야치하고만 대화하고, 나나무라나 아사키, 사유에게 조금 반응하는 정도. 대화다운 대화는 거의 없었다.

안정적인 평소의 요루카였다.

뭐, 오늘 이렇게 학교 밖에서 여러 명이 모이는 것에 참가해준 것만으로도 한 걸음 전진이지.

"두 사람도 목캔디 먹을래?"

"받을래요!"

"나도 줘. 고마워, 히나카."

사유와 아사키도 목캔디를 받았다.

"어째 아사키와 유키나미는 사이가 좋아졌는데."

두 사람의 거리감 변화에 미야치가 흥미를 보였다.

"아사 선배는 제 사부거든요!"

"그러니까 사부라고 부르지 말라고."

아사키가 쓴웃음을 지었다.

"사유. 너무 어리광부리지 마. 아사키도 사유를 상대하는 건 적당히만 해도 돼."

무심코 내가 쓴소리를 하자,

"들었어요? 아사 선배. 이런다니까요."

"그렇구나. 중학생 수준의 반응이네."

두 사람은 서로를 마주 보며 무언가 납득하고 있었다.

"오늘은 재미있었으니까 또 다 함께 모여서 놀자. 주선자는 계속해서 세나에게 일임. 말하자면 세나회(會) 발족이지."

"세나회, 찬성."

나나무라와 미야치가 멋대로 진행했다.

"뭐야, 세나회라니."

"그야 주선자님을 존중하는 마음을 담아서 붙인 이름이지."

"나나무라가 놀고 싶을 때 나에게 준비를 떠넘기고 싶은 것뿐이지?"

"그렇게도 해석할 수 있고."

나나무라는 선뜻 인정했다.

"뭐 어때. 나도 참가할래."

아사키도 긍정적이었다.

"저, 저도 괜찮을까요?"

후배인 사유도 조금 사양하면서도 손을 들자 나나무라, 미야치, 아사키는 당연히 OK.

"남은 건 아리사카에게 달렸나?"

나나무라가 대표로 물었다.

사람들의 시선이 모이자 요루카는 살짝 긴장하면서도 이렇게 대답했다.

"……오늘은 생각했던 것보다 즐거웠어. 키스미가 참가한다면, 나도 들어갈래."

연인에게 이런 말을 들어버리면 내가 거절할 이유는 없다.

만장일치로 세나회의 발족이 정해졌다.

나는 주선자로서 오늘의 마지막 일을 했다.

"오늘은 수고했어. 다들 모여줘서 고마워! 골든 위크가 끝난 뒤에 학교에서 보자."

마무리 멘트와 함께 제1회 세나회는 해산되었다.

모임이 해산한 후, 나와 요루카는 조금 더 같이 있기로 했다.

카페에 들어가는 것도 생각했지만 노래하면서 음료를 많이 마셨기 때문에 배가 불렀다. 계속 밀실에 있었으니 바람을 쐬고 싶어져서 역 주변을 적당히 걷기로 했다.

"피곤해."

나와 단둘이 있게 되자 요루카는 어깨에서 힘을 뺐다. 역시 긴장했었던 모양이다.

"수고했어. 오늘은 어땠어?"

"노래방은 즐거웠어. 하지만 사람이 많은 건 아직 익숙하지 않아."

'아직'이라는 말을 본인 입으로 말하는 점에서 요루카의 긍정적 사고방식이 느껴졌다.

"그, 세나회라는 거. 정말 들어와도 괜찮았던 거야?"

"왜 키스미가 쑥스러워하는 건데."

"내 이름이 붙은 모임이라니 부끄럽잖아."

나는 솔직하게 대답했다.

"알기 쉬워서 좋은데."

"……요루카, 조금 즐기고 있지?"

"찬성한 건 진짜야. 키스미나 히나카가 있는 모임이라면 나도 참가하기 쉽고."

149

"요루카의 부담이 되는 게 아니라면 다행인데……."

"괜찮아. 못하겠으면 바로 거절할 테니까. 하지만 나는 둘이서 있는 게 제일 좋아."

요루카의 손가락이 살며시 내 손을 스쳤다.

그게 신호가 된 듯 나는 요루카의 손을 잡았다.

그녀는 거절하지 않고 손가락을 고쳐 쥐며 깍지를 꼈다.

어린 시절부터 많이 본 풍경도 연인과 손을 잡고 걷자 다르게 보인다.

"마침 저 빌딩에 입주한 닛슈 학원이라는 곳에 다니면서 수험 공부를 했어. 개인경영인 작은 학원이지만 재미있는 알바생 강사가 있었는데, 많이 신세 졌지."

"흐응, 남자?"

별일이다. 요루카의 직감이 엇나갔다. 노래방에서 놀아서 피곤해졌기 때문인가.

"일단은 여자. 이과 쪽 대학생이라 툭하면 연구실에서 잠을 자는 바람에 늘 백의에 샌들 차림이었어. 패션에 관심이 없어서 긴 머리카락을 올려 묶고 둥글게 마는데 볼펜을 비녀 대신 꽂기도 했지. 화장하는 것도 귀찮은 건지 맨얼굴에다 상시 마스크 착용. 그런 사람을 천재 타입이라고 하는 걸까. 재미있는 사람이었어."

나는 추억에 대해 술술 이야기했다.

"용케 그런 일처리를 대충 할 것 같은 사람이 키스미를 합격시켰네."

"나에게는 공포의 대마왕이었어. 무모한 요구를 왕창 하는 스파르타 방식이었는데, 두뇌 회전은 무지막지 빠르고 가르치는 걸 잘했지."

합격했으니까 웃으면서 말할 수 있지만, 당시에는 정말로 힘들었다.

그야말로 공부 삼매경인 나날로, 웃는 얼굴로 '자, 스미. 다음은 이거 풀어'라고 말하며 얹어주는 과제를 오기로 풀어갔다.

"그럼 은인이니까 이번에는 눈감아줄게."

"관대한 연인이라 고마워."

"매번 의심하면 녹초가 될 테니까."

"안심해. 나에게는 요루카밖에 없어."

"응. 알아."

요루카는 당연하다는 듯 여유로운 미소를 지었다.

"──하지만 역시 부족해."

"어? 뭐가?"

"……키스미와 포옹하고 싶어."

"여기서?"

아무리 그래도 길거리에서 껴안는 건 좀 그렇다.

어쩌지? 요루카가 원하는 건 이뤄주고 싶다. 아니, 나도 하고 싶다.

하지만 사람들의 시선이 없는 장소를 찾으려고 해도 보이지 않았다.

이럴 때 다른 커플은 어떻게 대처하는 거야?

신경 쓰지 않고 끌어안는다거나. 그리고 보면 취한 대학생 커플이 역 개찰구 앞에서 헤어지는 걸 아쉬워하며 쪽쪽거리는 걸 봤었지.

하지만 우리는 고등학생. 술기운을 빌려서 수치심을 버리는 것은 당연히 법률위반.

어디 좋은 장소는 없을까. 그래, 만화 카페의 개별실이라면 주위의 시선을 신경 쓰지 않아도 된다.

근데 포옹을 위해 만화 카페에 간다고?!

차라리 또 우리 집에 초대할까? 아니, 지난번이 예외였던 것뿐이고 오늘은 부모님도 있다. 갑자기 부모님에게 소개하는 건 여러 가지 의미에서 장벽이 높다.

끙끙 고민하고 있었더니 요루카가 내 손을 잡아당겼다.

"저쪽."

옆길로 빠졌다. 한층 좁은 골목으로 걸어가자 자동판매기 옆이 사각지대를 만들고 있었다. 여기라면 누가 보기 어려울 것이다.

"오늘치 보상. 그리고── 가불."

요루카는 그곳에 서서 당연하다는 듯 나를 끌어안았다. 내 등에 팔을 감고 전신을 밀착했다.

그 부끄러움 많은 요루카가 무지하게 적극적이잖아!

나는 내심 기뻐 날뛰면서도 모처럼 만들어진 분위기를 망가트리지 않도록 꾹 참았다.

"얼마든지 해."

"응. 키스미는 따뜻해."

"그야 살아있으니까."

"죽으면 안 돼."

나는 요루카의 머리를 살며시 쓰다듬었다. 부드럽고 매끄러운 머리카락이 기분 좋았다.

"그거 좋아."

우리는 행복에 잠기듯이 한동안 그대로 있었다.

이 시간이 평생 계속되었으면 좋겠다고, 진심으로 그렇게 생각한다.

『고등학생의 연애에서 결혼까지 생각하다니 로맨티시스트네요.』

하지만 노래방에서 사유에게 들은 말이 불현듯 뇌리를 스쳤다.

그런 것쯤은 알고 있다고, 머리 한구석에 있는 냉정한 내가 반론한다.

고등학생이라는 어린 나이에 만나 그대로 긴 인생을 죽을 때까지 함께 살아간다.

요즘 세상에 그게 얼마나 기적일지.

고등학생 연인들이 말하는 '계속 함께'나 '영원한 사랑'이 얼마나 현실성이 없는 가벼운 말이고, 그 앞에 기다리는 현실이 얼마나 가혹한지.

아무리 지금의 감정이 진지하다고 해도 사소한 계기로

간단히 망가져 버릴지도 모른다.

불안해지면 끝이 없고, 그렇기 때문에 요루카의 말이 진심으로 기뻤다.

"노래방에서, '키스미와 계속 같이 있고 싶어'라고 해줘서 고마워."

분명 요루카도 같은 마음일 것이다.

사랑에 가슴 설레지만, 미래를 불안해한다.

그래도 자신의 마음을 제대로 입에 담는 것이 얼마나 귀하고 소중한 일인지.

"또 끌어오지 마."

"인상적이었으니까."

그런 행복해서 죽어버릴 것 같은 말을 평생 잊을 수 있을 리가 없다.

"……그냥 본심인걸."

"나도 같은 마음이야."

"응."

나와 요루카의 인연은 강해졌다. 그렇게 실감한다.

"요루카. 내일부터 골든 위크잖아. 휴일에 둘이서 놀러 가지 않을래?"

얼마 전부터 별러왔던 휴일 데이트를 드디어 신청했다.

요루카가 천천히 얼굴을 들었다.

그 표정은 몹시 면목이 없어 보였다.

"그게, 골든 위크는 내내 해외에 나가 있어서 무리야. 가족여행으로 남쪽 섬에 가거든."

"해외?!"

그랬다. 내 여자친구는 대단한 아가씨였다.

보통 그녀의 부모님은 해외에서 일한다고 들었다. 아마도 두 딸의 연휴에 맞춰서 미리 계획했던 거겠지.

"나만이라도 일본에 남아서 키스미와 함께 있고 싶은데."

"그래서 골든 위크 동안 만나지 못하는 만큼 가불한다는 거였구나."

"사귄 뒤로 이렇게 오래 못 만나는 건 처음이잖아. 어쩐지 불안해서……."

여행을 가기 전부터 이런 식이면 오히려 내가 더 걱정이 되었다.

"그렇게 생각해주는 것만으로도 기뻐. 나는 신경 쓰지 마."

"시차도 있고, 인터넷도 상시 연결될지 알 수 없지만 자주 연락할게!"

요루카는 열심히 호소했다.

"모처럼 가는 해외여행이잖아. 스마트폰 전파만 신경 쓰지 말고 잘 즐기고 와. 그래서 나에게 여행 이야기를 잔뜩 들려줘."

"응. 알았어."

"언제 출발해? 귀국일은?"

"출발은 내일 아침이고, 돌아오는 건 골든 위크 마지막 날 밤. 좀처럼 말하지 못해서 미안해."

"그렇게 사과하지 마. 데이트는 안 도망가."

"여행이 정해졌을 때는 설마 연인이 될 수 있을 줄은 생각지도 못했으니까……."

요루카는 필사적으로 해명했다.

"나도 그래. 요루카와 사귀게 될 줄 알았다면 나도 가족 여행에 빠졌을 거야. 그러니까 서로 골든 위크는 가족을 우선하는 걸로 합의하자."

"고마워. 키스미도 잘 다녀와."

아무리 통신기술이 발달해도 직접 보고 만나는 기쁨에는 이기지 못한다.

어쩔 수 없다고는 하지만 쓸쓸하지 않다고 한다면 거짓말이 된다.

"그런데 내일 아침 출발인데 오늘 노래방 와도 괜찮았던 거야? 준비 같은 건?"

"익숙하니까, 짐은 이미 다 꾸려놨어."

"역시나. ……미안, 노래방에서 놀 때가 아니었구나."

오늘 요루카는 단둘이 보내고 싶었을 게 틀림없다.

"키스미에게도 친구와 어울리는 시간은 필요하잖아. 내 사정으로 휘두르는 것도 미안하고."

이 배려심. 연인의 헌신적인 면모에 나는 가슴이 두근거렸다.

"괜찮아, 요루카는 나에게 사양하지 않아도 돼."

나는 톡 부러질 것처럼 가늘고 부드러운 몸을 한층 소중히 품었다.

"이미 충분히 멋대로 하고 있는데."

"요루카, 돌아오면 그때야말로 휴일 데이트하자."

"응. 휴일 데이트, 기대할게."

골든 위크에 만나지 못하는 만큼을 메우듯이 오랫동안 끌어안은 뒤 나는 요루카를 역까지 바래다주었다.

개찰구를 지나 요루카의 뒷모습이 보이지 않게 될 때까지 손을 흔들었다.

요루카는 아쉽다는 듯 이쪽을 몇 번이고 돌아보았다.

연인과 헤어질 때는 언제나 쓸쓸하다.

다음 날 아침. 평소보다 일찍 눈이 떠졌다.

"요루카는 지금쯤 나리타인가……. 슬슬 탑승했으려나."

침대 위에서 빈둥거리며 천장을 향해 중얼거렸다.

"어쩐지 봄방학 때로 돌아간 기분이야."

만나지 못하는 동안 요루카에 대해서만 생각하는 이 느낌. 그때는 연락처 교환도 하지 않았기 때문에 완벽한 사면초가였다. 그에 비하면 지금은 훨씬 낫다.

"……다녀오라는 인사 정도는 보내둘까."

머리맡에 있는 스마트폰으로 손을 뻗어 재빠르게 메시지를 보냈다.

직후, 바로 답장이 도착했다.

요루카 : 아침까지 일어나 있었어? 혹시 잠을 못 잔 거야?

어째 오해하게 만든 모양이다.

키스미 : 제대로 잤어. 잤는데 이 시간에 깼을 뿐이야.

슬슬 비행기에 타는 거야?

요루카 : 응. 지금 좌석에 앉았어.

그렇다면 이제 곧 스마트폰의 전원을 꺼야만 한다. 늦지 않아서 다행이다.

키스미 : 별일 없도록 기도할게. 즐겁게 다녀와.

이게 마지막이라고 생각하며 메시지를 보낸 뒤 스마트폰을 내려놨다.

그대로 다시 잠을 자려고 한 그때, 아슬아슬하게 요루카에게서 사진이 왔다.

"——이, 이건?!"

졸음이 순식간에 날아가 침대에서 몸을 일으켰다.

그건 어제 승무원 코스프레를 한 요루카의 사진이었다.

그러고 보면 미야치가 시키는 대로 사진을 찍었던 기억이 난다.

익숙하지 않은 복장이라 부끄러워하면서도 제대로 카메라를 쳐다보는 요루카. 사랑스러운 사진에 얼굴이 풀어졌다.

요루카 : 특별히 보내는 거야. 내가 없는 동안 쓸쓸해 하지 마.

다녀오겠습니다!

기쁘고 부끄러워서 웃음이 멈추지 않는다.

평생의 보물을 획득한 기쁨과 그녀를 그리워하는 마음

이 동시에 밀려든다.

　나는 방의 커튼과 창문을 열었다. 오늘도 날씨가 맑을 것 같다.

　"아── 지금 당장 만나고 싶어."

　사진을 바라보면서, 나는 하늘 위를 날고 있을 요루카를 생각했다.

　그리고 빨리 휴일 데이트도 하고 싶어졌다.

　골든 위크는 시작해버리고 나면 순식간에 지나간다.

　초반은 집에서 여유롭게 지내고, 후반은 2박 3일로 세나가 가족 여행.

　목적지는 온천이다.

　동생인 에이가 아직 어리기 때문에 부모님은 기회는 지금이라는 양 데리고 다니고 싶어 했다.

　"키스미. 슬슬 출발한다고 아빠가 그랬…… 뭐 보는 거야? 에이에게도 보여줘!"

　노크도 없이 갑자기 방에 난입하는 동생, 에이.

　에이는 침대에 누워있는 나를 향해 가차 없이 뛰어들었다.

　초등학교 4학년치고는 키가 크고 어른스러운 외모를 지녔기 때문에 비교적 타격도 크다. 절찬 어른의 몸으로 성장 중이지만 알맹이는 아직 한참 애기였다.

"에잇, 떨어져라 마이 시스터! 너에게는 아직 일러! 그리고 오빠라고 불러!"

틈만 나면 요루카의 승무원 코스프레를 바라보는 나에게 초등학교 4학년 여동생은 주저 없이 달라붙었다. 아니, 이런 사진을 들켰다간 오빠로서 위엄이 위태롭다.

"요즘 계속 스마트폰만 보잖아. 에이랑 더 놀아줘!"

"알았어. 출발도 할 거니까 옷 갈아입게 해줘."

나이 치고는 발육이 좋은 동생은 떼어놓는 것도 힘들다. 몸만 커다란 어린이라서 참으로 성가시다.

나는 행거랙을 뒤져 위에 걸칠 얇은 코트를 찾았다.

"저기, 키스미. 이 비닐에 덮여있는 거 중학교 교복이지? 에이도 중학생이 되면 이거 입는 거야?"

뭐가 즐거운 건지, 일부러 옆에 와서 내 옷 고르기를 구경하고 있다.

꼼꼼한 엄마는 내가 중학교 때 입은 가쿠란을 일부러 클리닝해놓았다. 당연히 이제 입을 기회도 없으니 투명한 비닐 커버를 씌워놓았다.

"여자는 세일러복이야."

"사유가 입었던 거?"

"그래. 그리고 사유는 나와 같은 고등학교에도 들어갔어. 놀랍지?"

"지금은 요루카가 입었던 그 예쁜 교복 입는 거야?"

어린아이라고 해도 에이도 미용에 관심이 많다.

에이 나름대로 취향이 있는 모양으로, 패션에는 상당히 깐깐하다.

따라서 에이세이의 교복이 얼마나 예쁜지도 잘 알고 있었다.

내가 초등학생일 때는 부모님이 사주는 옷을 그대로 입었던 기억밖에 없는데.

"그래."

"에이도 같은 거 입고 싶어!"

"요루카와 같은 교복을 싶다면, 열심히 공부해야 에이세이에 들어갈 수 있어."

"에이는 공부 잘해. 시험 보면 매번 100점인걸."

그렇다. 어벙한 언동과는 달리 에이는 공부를 잘한다. 여차할 때의 집중력이 좋고, 기억력도 나쁘지 않기 때문에 성적표는 언제나 all 5였다.

아래층에서 부모님이 우리를 불렀다.

코트를 입고 갈아입을 옷을 담은 배낭을 맨 뒤 에이와 함께 계단을 내려갔다.

여행할 때 정도는 에이를 부모님에게 맡기고, 나는 짐꾼과 카메라맨 노릇에 전념할 생각이었다.

하지만 습관이라는 건 좀처럼 바뀌지 않는다.

늘 그랬듯이 신이 난 동생에게서 눈을 떼지 못하고, 시종 휘둘리게 되었다.

포장마차를 보면 저걸 먹고 싶어.

선물 가게를 보면 이거 갖고 싶어.

피곤해. 화장실. 더 놀래. 저거 하고 싶어. 이것도 하고 싶어. 더 할래. 더 더 하고 싶어.

부모님이 내내 응석을 받아준 탓에 에이는 무척이나 즐거워 보였다.

에이가 조금만 졸려 해도 '키스미가 에이를 업어줘'라는 어머니의 엄명이 날아온다. 초등학생을 업고 계속 걸어 다니는 건 상당히 힘들다.

귓가에서는 새근새근 기분 좋은 듯한 숨소리가 들렸다.

심지어 부모님은 태평하게 '키스미와 에이는 사이가 참 좋아' 같은 말이나 한다.

저녁을 먹을 때 부활한 에이는 유카타를 입고 또 신이 났고, 한편 나는 가벼운 근육통에 시달렸다.

나는 도망치듯이 노천탕에 들어가 가까스로 혼자만의 시간을 얻었다.

요루카는 외국의 하늘 아래에서 지금 어떻게 지내고 있을까.

만나지 못할수록 상대방을 생각하는 시간이 늘어난다.

"애정이라는 건 내 안에서 알아서 자라는 거구나."

따뜻한 물속에서 긴장을 풀고 있기 때문인지 그만 감상적인 기분이 들었다.

낮에는 에이를 상대하느라 바빴지만, 이렇게 혼자가 되면 역시 요루카에 대한 생각이 머리를 차지한다.

별이 가득한 하늘을 올려다보며 긴 시간 온수에 몸을 담갔다.

탕에서 나와 유카타로 갈아입은 후, 몸을 식히기 위한 휴게공간에서 빈둥거렸다.

변덕을 부려 목욕하고 나온 직후에 마신 우유병 사진을 요루카에게 보내봤다.

"답장은 시차도 있을 테니까 내일이려나."

그대로 몸이 식을 때까지 스마트폰을 만지면서 쉬고 있었더니, 타이밍 좋게 라인이 도착했다.

요루카 : 우유 마실 때, 제대로 허리에 손 짚고 마셨어?

그 메시지를 보고 나는 웃었다.

키스미 : 당연하지. (웃음)

잠시 후 또 착신음이 울렸다.

요루카가 보냈으리라고 생각하며 메시지를 열자, 보낸 사람은 유키나미 사유였다.

사유 : 지금 어디예요? 집 앞에 지나갔는데 불이 안 켜져 있던데.

키스미 : 온천으로 여행 왔어.

사유 : 어, 설마! 벌써 요루 선배와 알콩달콩 온천여행을?!

키스미 : 비약하지 마. 가족여행이야. 요루카는 해외여행 중.

사유 : 와, 좋겠다. 온천 기분 좋았어요?

아무 일도 없었다는 듯 원래의 대화로 돌아가지 마라.

키스미 : 극락. 집에 가기 싫어.

사유 : 언제 돌아오세요?

키스미 : 무시냐.

사유 : 할아버지 같은 소리 하지 마세요.

키스미 : 기분 문제야.

사유 : 그래서, 언제 돌아오는데요? 대답 플리즈.

키스미 : 내일 밤에는 돌아가.

사유 : 라져 댓.

뭐가 알겠다는 건지 전혀 모르겠다.

사유 : 아, 선물 잘 부탁함요! 안 사 오면 화낼 거예요!

욕심쟁이!

"고등학생이 되어도 똑같다니까."

이렇게 밤에 사유와 라인을 한 것도 오랜만이었다.

타임라인을 거슬러 올라갔다. 마지막으로 메시지를 주고받은 건 **작년 초여름.**

"정말로 답장 안 했네……."

그곳에는 이미 끝나버린 사유의 은퇴 시합 일시와 장소, 그리고 응원하러 오라는 내용이 적혀있었다.

답장 여부 이전에 읽은 기억조차 없다.

그 무렵은 농구부에서 퇴부 처분이 되냐 마냐 하는 사태가 일어나서 정신적으로 맛이 가 있었다. 무슨 일을 하는 것도 귀찮고, 모든 기력이 사라졌던 시기다.

아니, 아니지.

그런 처참한 상태였기 때문에 나는 아리사카 요루카가 있는 미술 준비실을 찾아갔다.

요루카와 대화할 때만은 신기하게도 고민을 잊을 수 있었으니까.

그게 그녀를 좋아하기 때문이라는 걸 자각할 때까지 그리 시간은 걸리지 않았다.

"아, 키스미. 여기 있다! 빨리 돌아와!"

데리러 온 에이가 손을 잡아당기자 나는 그제야 엉덩이를 들었다.

"에이. 파자마와는 다르니까 유카타 입고 너무 막 움직이지 마."

낯선 유카타를 입고 들뜬 에이는 복도에서도 슬리퍼를 신고 우다다 달리려고 했다.

"팔랑거리는 게 재미있단 말이야."

"흘러내리니까 심하게 움직이지 마. 방까지 얌전히 있어."

"치이. 그럼 아이스크림 사주면 참을게."

내 대답을 기다리지 않고 로비에 있는 매점으로 타다닷 가버리는 내 동생.

아직 아이스크림을 사줄 수 있을 만큼의 돈은 갖고 있었다.

"……먹은 뒤엔 한 번 더 양치해."

"와아, 아이스크림! 하겐다즈!"

"여기에선 안 팔잖아. 더 싼 거로 먹어."

에이가 가장 원하는 고급 아이스크림은 역시 없었지만, 소위 관광지 가격인 건지 아이스크림의 가격은 제법 비쌌다.

"나에게도 한 입 줘."

"싫어. 이건 에이 거야!"

"산 사람은 나잖아."

"어쩔 수 없네. 키스미니까 특별히 줄게."

아까워하면서 나무 숟가락으로 떠서 내민 아이스크림은 정말로 조금이었다. 그래도 차갑고 맛있다.

"조금 더 먹여줘. 그리고 제대로 오빠라고 부르라니까."

"둘 다 싫어!"

모르겠다. 내 동생은 왜 오빠를 오빠라고 부르지 않는 걸까.

에이가 아이스크림을 다 먹는 걸 기다리고 있었더니 요루카에게서 메시지가 왔다.

함께 보낸 사진을 먼저 봤다.

"푸헉?!"

나는 성대하게 괴성을 질렀다.

"왜 그래?"

에이가 의아해하며 나를 보았다.

"아니, 아무것도 아니야……."

터질 듯이 쿵쿵 뛰는 심장을 누르고 평정을 가장하면서, 나는 메시지를 똑똑히 확인했다.

보낸 사람은 분명히 요루카다. 하지만 내용은 요루카가 아니었다.

요루카 : 고마워하력 남친군 BY 요루의 언니

전송된 사진은 수영복을 입은 요루카였다.

남쪽 나라의 하얀 모래사장 위에 서 있는 요루카.

아마도 요루카의 언니가 몰래 촬영한 거겠지.

요루카의 눈은 카메라 쪽을 보고 있지 않았다. 사진 앞쪽에는 비치 파라솔의 진한 그림자가 떨어져 있고, 그 아래에 의자에 누워있는 것으로 추정되는 촬영자=요루카의 언니의 아름다운 다리도 보였다.

"그나저나——."

요루카는 숨이 멎을 만큼 훌륭한 몸매였다. 몸은 날씬한데 굴곡이 뚜렷하다. 가슴의 볼륨은 말할 것도 없지만, 엉덩이도 대단하다.

그리고 의외로 비키니의 면적이 작아서 놀랐다.

전에 우리 집에서 잤을 때 닿았던 부드러운 피부의 기억이 되살아나는 바람에 적나라할 정도로 상상이 가고 말았다.

요루카의 언니분, 정말로 감사합니다!

잠시 후 요루카에게서 또 메시지가 왔다.

요루카 : 그 사진은 언니가 멋대로 보낸 것뿐이야!!

지금 당장 삭제해!! 지워!! 제발!

아무래도 언니의 장난을 눈치챈 모양이었다.

미안, 사진은 바로 저장했다.

골든 위크도 앞으로 1일.

어젯밤에 집으로 돌아온 우리 가족은 각자 편하게 마지막 날을 보내고 있었다.

부모님은 조금 전에 장을 보러 나가서 저녁까지 돌아오지 않는다.

나는 딱히 할 일도 없었기 때문에 실내복 차림으로 거실 소파에서 빈둥거렸다.

스마트폰으로 해외의 날씨를 확인하자, 요루카의 여행지는 날씨가 안 좋은 모양이었다.

"귀국 비행기에 영향이 안 갔으면 좋겠는데."

내일부터는 다시 학교다. 연휴가 끝나는 건 아쉽지만, 드디어 요루카를 만날 수 있다.

이미 심심할 때면 꼬박꼬박 보게 된 요루카의 사진을 바라보고 있었더니 초인종이 울렸다.

"키이 선배, 놀아요."

"초등학생이냐!"

현관으로 나오자 사복을 입은 유키나미 사유가 서 있었다.

스포티하고 캐주얼하면서도 빠짐없이 멋을 부린 복장이다. 오버핏 아우터를 일부러 헐렁하게 걸쳐서 왼쪽 어깨가 훤히 드러나 있다. 속에 받친 민소매 셔츠는 기장이 짧아서 배꼽이 살짝 보였다. 바지는 상당히 짧은 숏팬츠로, 거의 허벅지 위쪽부터 가느다란 발목까지 아낌없이 보여주고 있다. 발에는 밑창이 두툼한 스니커.

"와, 기합이 하나도 안 들어간 휴일 패션. 저지에 티셔츠
라니 너무 방심했어요."

"편하니까 이거면 됐어."

"용케 그 모습으로 남 앞에 나타나셨네요."

"택배인가 했으니까!"

여행 중에 왔던 사유의 라인은 이걸 위해서였나.

"서프라이즈인 거죠. 이웃이니까 가능한 가벼운 마인드
로 만나러 왔습니다!"

사유는 고개를 살짝 기울이며 귀엽게 웃었다.

화장이나 복장을 보아하니 충동적으로 우리 집에 들른
건 아닌 모양이었다.

"자, 갈아입고 외출해요. 어차피 마지막 날 정도는 집에
서 느긋하게 늘어지려고 했었죠? 물러요, 물러터졌어요!
실컷 노는 것이야말로 휴일이잖아요! 빨리요. 옷을 고르지
못하겠다면 제가 코디해드릴게요. 실례합니다."

"아니, 자연스럽게 집에 들어오려고 하지 마."

실례한다는 말을 하면서 집 안으로 들어온다.

"에이, 준비할 때까지 밖에서 기다리라고요? 잔인해."

"애초에 가겠다고 하지도 않았는데."

현관에서 대화하고 있었더니 '앗, 사유다!' 하면서 에이
가 달려왔다.

"에이! 잘 지냈어? 오늘도 너무 귀엽다!"

두 손을 맞대면서 기뻐하는 에이와 사유.

이렇게 사유와 만나면 늘 꺅꺅 떠들썩하게 대화하곤 했다.

"키스미랑 사유, 어디 가는 거야? 에이도 같이 데려가."

에이는 친한 사유라면 당연히 OK 해줄 거라고 생각하고 있다.

"잠깐, 에이. 억지 부리면 안 돼. 얌전히 나와 함께 집이나 보자고."

"어. 잠깐, 키이 선배. 진짜로 안 갈 거예요?"

"동생 혼자 집에 두고 갈 순 없어."

"과보호!"

"방범 의식이 뛰어난 거야."

"뿌우! 그럼 에이도 같이 가요! 그럼 상관없죠?"

사유는 조금 화를 내면서 마구 밀어붙였다.

"찬성!"

즉시 에이가 사유의 편에 붙었다.

"에이는 배드민턴 연습하고 싶어. 요즘 친구랑 자주 놀아!"

현관에 놓은 수납장에서 배드민턴 라켓과 셔틀콕을 꺼내 보여주는 에이.

어린이냐! 아, 초등학교 4학년이지. 오히려 어린애라서 다행이다.

사유도 순간 놀란 듯했지만 '배드민턴 찬성' 하며 에이에게 바로 동조했다. 어지간히 놀러 가고 싶은 모양이다.

둘이서 내 얼굴을 빤히 쳐다봤다.

"……알았어. 근처 공원 정도라면 갈게."

"역시 키이 선배. 에이에게는 무르단 말이죠!"

사유도 그 타협을 받아들였다.

"맞다. 선물, 온천 만쥬 사 왔어."

"와, 여고생에게 주는 선물로 온천 만쥬는 좀 그렇지 않아요?"

"싫으면 안 주고."

"아앗, 받을 거예요! 받는다고요! 달다구리 러브!"

사유는 허둥지둥 굽혔다.

"에이도 먹었는데 맛있었어."

"그렇구나! 에이가 보장한 맛이라면 먹는 게 기대되는데."

사유와 에이는 자매처럼 호흡이 척척 맞았다.

"갈아입는 길에 가져올게."

"아. 더운 날씨에 들고 다니는 건 걱정되니까 돌아가는 길에 받을게요."

"그래."

나는 바로 방에 가서 갈아입었다.

오늘은 날이 맑고, 몸을 움직이면 더워지겠지.

검은색의 폭이 좁은 앵클 팬츠에 라운드넥의 하얀 티셔츠, 그 위에 얇은 재킷을 걸쳐서 세트 느낌으로. 발에는 오랫동안 신어서 잘 길들여놓은 하얀색의 나이키 에어 포스 1.

현관으로 돌아가자 사유는 내 복장을 체크했다.

"지나치게 스포티하지 않은 깔끔하고 심플한 코디, 합격

점은 드리죠."

"패션 체크하지 마."

"같이 있는 사람이 촌스러우면 기분이 다운되잖아요. 그보다 그 스니커, 아직 신고 다니네요."

"맞다, 이거 샀을 때 사유도 있었던가?"

운동부에 소속되면 이래저래 소모품이 많다. 지금 신은 스니커도 우연히 사유와 함께 쇼핑하러 갔을 때 겸사겸사 산 신발이다.

"우와. 고민하길래 실컷 조언하고 추천해줬는데 잊어버렸어요? 너무해."

"마음에 들어서 오래 신고 있어. 자주 빨기도 하고."

"그, 그야 제가 물건을 잘못 추천할 리 없으니까요!"

벌써 밖으로 나간 에이에게 재촉을 받아 우리는 공원으로 향했다.

집에서 걸어서 5분 정도 거리에 있는 공원은 도내의 주택지에 있으면서도 제법 크다.

어린아이가 전력으로 숨바꼭질하고 뛰어다니는 것도 여유로운 넓이다.

나도 어릴 때는 여기서 자주 놀았다.

에이의 요청으로 배드민턴. 사람은 나, 사유, 에이 세 명인데 라켓은 두 개. 둘씩 돌아가면서 놀게 되었다. 나는 첫판엔 벤치에 앉아서 심판을 맡았다.

나뭇가지를 주워 대충 코트 크기로 선을 그었다. 네트는 당연히 없으니, 그건 눈대중으로.

10점 선취로 승리한다는 규칙으로 게임을 시작했다.

"에이, 간다!"

"오케이, 사유!"

사유의 운동신경은 여전히 뛰어나다. 전문이 아닌 배드민턴도 연습 없이 어렵지 않게 소화한다. 깨끗한 서브가 반대쪽 코트로 날아갔다.

반면 에이도 지지 않았다. 초등학생 특유의 순발력을 발휘하여 사유의 서브를 의외로 날카롭게 쳐냈다.

"오, 제법인데. 에, 이!"

"에이는 반에서 제일 잘해!"

제일 잘하는 거면 연습할 필요 없지 않나. 나는 마음속

173

으로 딴죽을 걸었다.

둘 다 태연하게 대화하면서 랠리를 이어갔지만, 셔틀콕
이 오가는 속도는 상당히 빠르다.

사유도 처음에는 레크리에이션 감각으로 적당히 하고
있었던 모양이지만, 에이의 진심에 감화된 건지 지금은 진
지하게 치고 있다.

에이는 전력을 낼 수 있는 상대에 신이 나서 웃으면서도
가차 없이 공격하고 있다. 코트 구석을 향해 예리한 스매
시를 날렸다.

사유도 농구부 시절에 단련한 다리 힘으로 따라잡아 아
슬아슬하게 쳐냈다.

"어. 너희들 수준 높지 않냐? 난 무리인데."

동생이 예상보다 더 잘 움직여서 솔직히 놀랐다. 어느새
이렇게 잘하게 된 거냐. 그러고 보면 체육 성적도 1학년
때부터 계속 5였지.

"아니, 이렇게 체력이 좋으면 여행 중에 나에게 업혀 다
니지 말라고."

"키스미, 뭐라고 했어?"

하늘을 나는 셔틀콕을 눈으로 좇으면서 에이가 되물었다.

직후에 날아간 스매시가 사유의 코트에 꽂혔다.

전속력으로 달렸지만, 사유의 라켓은 아쉽게도 닿지 않
았다.

"자, 심판! 지금 아슬아슬하게 선 바깥이었어요. 아웃이

에요, 아웃!"

사유가 심판에 이의를 제기했다.

"초등학생을 상대로 발끈하지 마. 인 맞아. 자, 에이의 승리."

"만세!!"

승리에 기뻐하는 동생은 천진난만하게 폴짝거렸다.

어, 그렇게 많이 움직였는데 저런 점프를 할 수 있는 거야? 초등학생의 체력에 한계란 없는 건가.

"지금 시합 봤죠? 에이, 수준이 너무 높지 않아요? 정말 초등학생이에요?"

"기저귀 차고 다닐 때부터 같이 살았으니까 틀림없는 초등학생이야."

"요즘 초등학생은 대단하네요."

"결과에 불만이 있다면 한 번 더 시합할래? 순서 양보할게."

"무리예요, 녹초라서. 한 번 쉬지 않으면 몸이 못 따라가요."

벤치에 앉은 내 옆으로 사유가 쓰러졌다.

"자, 키이 선배 차례예요. 열심히 해서 멋있는 모습 보여주세요."

그렇게 말하며 사유가 나에게 라켓을 넘겼다.

"에이는 쉬지 않아도 돼?"

"괜찮아."

아직 여유가 있는 에이는 오히려 재촉했다.

"이길 수 없을 것 같은데. 하지만 오빠로서 질 수도 없고."

솔직히 도구를 사용한 스포츠엔 약하다.

"키스미, 봐줄까?"

"동생보다 못한 오빠는 존재하지 않아!"

지금 이곳에서 세나 남매의 오기와 자존심을 건 싸움이 시작된다.

"키이 선배도 에이도 화이팅!"

사유의 응원을 신호로 에이가 서브. 나는 셔틀콕의 궤도를 쫓아가며 낙하지점까지 이동해 라켓을 힘차게 휘둘렀다.

하지만 라켓은 성대히 허공을 가르고 셔틀콕은 코트에 떨어졌다.

"……에이, 1점. 이거 압승이겠는데요."

사유의 예언대로 나는 동생에게 커다란 점수 차를 내며 패배하고 말았다.

"분하도다."

"키스미도 힘냈어."

초등학교 4학년에게 위로를 받는 형국.

"그러니까 오빠라고 부르라고……."

제3시합은 나와 사유의 대결이 되었다.

"드디어 승패를 가를 때가 왔군요. 이 승부, 제가 가져가겠습니다."

"전패만큼은 반드시 회피하겠어!"

질 수 없는 싸움이었다.

나도 에이와 시합하면서 요령이 생겼기에 사유를 상대로는 어떻게든 랠리를 이어갈 수 있었다.

"에이에게는, 봐줬던, 거예요? 아까보다 잘, 하는 것 같은데요?"

"너야말로, 수험 공부가 막 끝난 것치고는, 빠르게 움직이는, 데!"

"키이 선배야말로, 농구부 그만둔 주제에, 의외로 제법이네, 요!"

"사유에게만은, 질 수 없다고!"

랠리가 끝없이 이어졌다.

덥다. 땀이 흘렀다. 5월인데 여름처럼 뜨겁다.

내 혼신의 스매시가 작렬했다. 이로써 동점이 되었다. 아직 이길 기회는 남아있다.

"여자를 상대로도 가차 없네요."

"내가 접대 게임을 해봤자 넌 기뻐하지 않을 거잖아?"

"──. 잘 알고 있잖아요."

사유는 기뻐하며 웃었다.

"키이 선배. 이 시합, 이긴 사람에게 상을 주는 건 어때요?"

"좋아. 그럼 내가 이기면 마실 거 사줘. 사유는?"

"저는──."

사유는 입술을 살짝 떨고는, 이어서 원하는 걸 말했다.

"제가 이기면, 그 후에 제가 하는 말을 전부 사실이라고

177

믿어주세요."

"……잘 모르겠는데, 그런 걸로 돼?"

"그런 거면 돼요. 여느 때 같은 농담이나 거짓말이 아니라고, 진심이라고 생각하고 들어주세요."

사유의 표정은 진지함 그 자체였다. 나를 놀리면서 즐길 마음은 눈곱만큼도 없는 모양이다. 중학생 때, 농구부에서 열심히 연습하던 때의 분위기였다.

"이얏!"

"웃차!"

"흡!"

"에잇!"

일진일퇴의 공방.

둘 다 전력으로 이기려고 들었다. 셔틀콕이 떨어질 것 같은 아슬아슬한 상황에서도 사유는 집요하게 살려냈다. 내 실수를 놓치지 않고 적확한 스매시를 때려 넣었다.

대접전 끝에 승리한 사람은 사유였다.

"와아! 이겼다!"

"젠장. 졌잖아. 이 승부만은 이기고 싶었는데."

고개를 숙이자 땀이 줄줄 흘렀다. 얼마나 오랫동안 시합한 거지.

아, 피곤해. 나는 벤치에 앉았다.

"잠깐 쉬자. 진짜로 수분을 공급하지 않으면 위험해."

"그럼 에이. 저기 편의점에서 마실 거 사다 줄래? 나랑 키이 선배는 물. 에이는 과자든 아이스크림이든 원하는 걸 사도 돼."

"알았어!"

사유에게서 돈을 받은 에이는 공원의 코앞에 있는 편의점으로 향했다.

"그 정도는 내가 낼게."

나는 내 지갑으로 손을 가져가려 했다.

"승자의 자비예요. 얌전히 받아주세요. 그 대신, 시합할 때 했던 말 기억하고 있죠?"

"사실이라고 믿으라고 했었지. 대체 무슨 말을 하려는 건지."

나는 셔츠의 목깃을 펄럭거리면서 조금이라도 시원해지려고 했다.

"……——, 사유?"

문득 위화감을 느꼈다. 내 앞에 서서 진지한 표정을 지은 후배를 보았다.

"세나 키스미 씨. 좋아합니다. 저와 사귀어주세요."

사유가, 햇살과 더위로 뺨을 붉게 물들이며 고백해왔다.

여느 때와 같은 가짜 고백과는 다르다.

지금 한 말에는 농담을 하는 듯한 웃음기도 없다.

대신, 무척 긴장하고 있다는 게 선명하게 느껴졌다.

"장난, 이 아닌 거지?"

"계속 중학생 때의 후배가 아니에요. 가볍고 편하고 즐거운 연하. 그런 건 이제 끝이에요."

"왜 이제 와서?"

집이 가깝고 부활동도 같았다. 중학생 때는 나름대로 많은 시간을 유키나미 사유와 함께했다.

그렇다고 해서 사유에게 특별한 감정을 품은 적은 없다.

"……어쩔 수 없잖아요. 키이 선배를 만나지 못하게 된 뒤에야 간신히 진지하게 좋아한다는 걸 깨달았으니까요."

"만나지 못하게 된 뒤라면, 내가 졸업한 뒤에?"

"정확하게는 부활동을 은퇴한 뒤요. 아침 연습에 데리러 오는 일이 없어지고, 부활동이 끝난 뒤에 집에 가는 길도 혼자니까 매일 묘하게 쓸쓸하고 부족했어요."

"사유라면 친구가 많으니까 얼마든지 다른 사람이 있었을 텐데."

"저도 처음에는 그렇다고 생각했는데, 아니더라고요. 친구로는 안 돼요. 그걸 깨닫고, 그제야 세나 키스미가 특별한 남자라는 걸 자각했어요."

"하지만 부활동을 은퇴한 뒤에도 복도에서 마주치면 대화 정도는 했었잖아? 전혀 그런 기색을 느끼지 못했는데."

수험 공부도 있어서 아무래도 사유와 만나는 횟수는 줄어들었다.

그래도 졸업할 때까지는 종종 대화를 나눴다.

……그 무렵부터 이 녀석이 나를 좋아했다고?

 말도 안 돼.

 "그건 그야, 키이 선배가 너무 가깝고 익숙했으니까요. 막상 둘이서 대화하면 평소의 저로 돌아가 버리기 때문이에요."

 "사유라면 좋아한다고 자각하면 네 쪽에서 어필할 것 같은데……."

 "그러니까, 그 인식이 틀렸다고요!"

 "……미안."

 지금 고백하는 그녀는 내 안의 유키나미 사유가 아니다.

 선후배로서 쌓아온 나날을 통해 만들어졌던 사유의 이미지.

 하지만 내가 아는 사유의 모습은, 아무리 잘 안다고 해봤자 표층에 불과한 것이다.

 사람의 내면, 특히 사랑은 쉽게 밝힐 수 있는 게 아니다.

 아무리 친하게 지냈어도 본심을 털어놓는 건 어렵다.

 나에게 절벽 위의 꽃인 아리사카 요루카가 사실은 나에게 마음이 있었던 것처럼.

 학급 임원직의 파트너인 하세쿠라 아사키가 몰래 나를 좋아했던 것처럼.

 친한 친구인 미야우치 히나카가 나를 좋아하는 걸 숨겼던 것처럼.

 중학생 때부터 후배였던 유키나미 사유가 짝사랑을 했

어도 이상하지 않다.

그러니 나는 그녀의 마음을 제대로 받아줘야만 한다.

"누가 절 좋아한 적은 있어도, 제가 진심으로 좋아하게 된 건 처음이니까요. 그렇게 간단히 고백하지 못한다고요."

"그래."

"혼자서 아침 연습에 가게 된 뒤에도 매일 키이 선배의 집 앞을 지나가면서 학교에 갔어요. 어쩌면 창문 너머로 얼굴을 내밀지는 않을까? 하면서."

중학교에 가려면 우리 집 앞을 지나가지 않고 다른 길로 가야 한다. 설마 그런 일까지 했을 줄이야.

"자기만 쿨쿨 자다니 치사하잖아요~ 같은 느낌으로 아침부터 전화했을 법한데."

"그랬다면 화낼 거잖아요?"

"당연하지."

"그걸 알고 있으니까 절 싫어하게 될지도 몰라서, 아무것도 하지 못했어요."

이제야 밝혀지는 사유의 순정.

"키이 선배, 에이세이에 입학하기 위해 엄청 열심히 공부했었잖아요. 방해하는 건 미안했고."

"아니 뭐, 그건 신경 써줘서 고마워. 덕분에 합격했어."

그건 틀림없다. 당시 내 학력으로는 에이세이 고등학교에 입학하는 건 한없이 어려웠다.

주위에서도 무리한다는 말을 들었기 때문에 오기가 생

겨서 공부했다. 당시 다니던 학원의 강사가 가르치는 것을 아주 잘하는 사람이었던 덕분도 있어서 간신히 합격할 수 있었다.

"수험이 끝나면 이번에야말로 들이댈 수 있다고 기합 넣고 기다렸어요. 하지만 키이 선배의 합격이 정해지자 갑자기 겁이 나서요. 너무 의식해서, 결국 아무것도 하지 못한 채 졸업식이 되었고……."

경악스러운 비하인드 스토리에 나는 어안이 벙벙해질 수밖에 없었다.

유키나미 사유는 진심으로 나를 좋아한다.

"아아, 각오는 했지만 역시 무지하게 부끄럽네요!"

사유는 마침내 견딜 수 없게 된 듯 억지로 웃었다.

"뭐냐구요, 이 수치 플레이. 이때다! 하고 제 과거를 폭로하게 만들다니!"

사유는 눈이 핑핑 도는 상태로 나를 퍽퍽 때렸다.

"나도 꽤 부끄러운데."

"……아. 죄송합니다."

서로 거리가 너무 가까워서 정신을 차린 사유는 얌전히 내 옆에 앉았다.

"……사유는 지금처럼 계속 긴장했었구나."

사유는 새빨개진 얼굴을 끄덕 까딱였다.

"──3학년이 된 뒤에 고백하려고는 했어요. 그래서 은퇴 시합에 응원하러 와 달라고 연락했는데……. 별 관심 없는 사람은 왔어도 키이 선배만은 없어서."

그 은퇴 시합 연락의 진짜 목적은 나에게 응원을 받는 게 아니라, 사유가 나에게 고백하는 것이었을 줄이야.

"사유. 이제는 너무 늦어졌지만 사과할게. 답장하지 못해서 미안해. 응원하러 가지 못해서 미안."

"괜찮아요, 저도 좀 오해했었어요. 작년 여름이 키이 선배에게 정말로 힘들었던 시기라는 건 지난번 노래방에서 알았으니까요."

"내가 응원하러 가지 않았는데, 마음은 변하지 않았던 거야?"

"제가 제일 놀랐어요. 고백하지 못했으니까, 화를 내며 싫어하게 되면 좋았을 텐데…… 도저히 무리더라고요."

사유는 남 일인 양 중얼거렸다.

"그럼 같은 고등학교에 들어온 것도? 교복 때문에 왔다는 것도 거짓말, 이야……?"

"이, 이 취조 정신적으로 고통스러운데요!"

"사유, 지금은 네가 원해서 얻어낸 승리 보상이잖아!"

여기서 물러나게 하면 모든 게 흐지부지해진다. 그렇게 생각한 나는 내 쪽에서 물었다.

"뿌우! 절 괴롭히는 게 즐거워요?"

사유는 처음의 기세와 각오가 흔들리고 있었다.

"에이세이에 입학한 걸 말하지 않았던 건?"

"타, 타이밍을 살피고 있었어요! 키이 선배를 만나러 가야 한다고 생각하던 차에 요루 선배와 연인 선언이라는 사태가 일어났고……."

긴 짝사랑. 싫어하는 공부를 열심히 해서 같은 고등학교에 입학.

그 끝에 나타난 사랑의 라이벌이 그 요루카라면 보통은 움츠러든다.

하지만 사유는 내 앞에 다시 나타났다.

그리고 오늘, 가짜 고백이 아닌 진짜 고백을 해주었다.

땀은 멈추지 않는데 긴장으로 내 손가락은 차가워졌다.

짧은 침묵이 흐른 후 나는 질문했다.

"──그래도 연인이 있는 나에게 고백하는 거야?"

"지금은 제 승리를 축하하는 보상이니까요. 안 멈출 거예요."

사유도 다시 움츠러들 것 같은 스스로를 고무하듯이 강하게 나왔다.

"요루 선배는 어지간한 미인과는 차원이 달라요. 같은 고등학생으로 보이지도 않고요. 연예인이 섞여 있는 거나 마찬가지예요. ……언젠가, 키이 선배는 차일 거예요."

"너는 요루카에 대해 모르니까……."

"냉정하게 생각해보세요! 고등학생의 연애가 계속 이어질 것 같아요? 애정만으로 잡아둘 수 있다고 생각해요? 현실은 그렇게 간단하지 않다고요!"

"사람에 따라 다르지. 사유와는 상관없고."

"좋아하는 사람이 상처받는 게 싫다고요!"

사유는 언성을 높였다.

"⋯⋯네가 멋대로 내 미래를 정하지 마."

"사랑에 빠져서 들뜬 키이 선배에겐 현실이 보이지 않는 거예요."

"언젠가 헤어질 테니까 상처받기 전에 자기와 사귀라고? 너무 억지인데. 그런 미래를 대체 누가 알 수 있는데?"

"그래도! 저는 키이 선배 옆에 있고 싶어요! 대화할 수 없게 되는 게 싫어요!"

나는 이미 사유를 직시할 수 없었다.

"아무리 사유라고 해도 내 연인을 나쁘게 말한다면 더는 지금까지처럼 대할 수는 없는데⋯⋯."

나 역시 사유와 다시 소원해지는 건 아쉽다.

슬프지만, 이렇게 되어버린 이상은 어렵다.

어중간한 태도는 사유를 괜히 더 상처 입힐 것이다.

마음에 답해주지 못하는 이상 깔끔하게 관계를 끊을 수밖에 없다.

"──그럼 나쁘게 말하지 않을 테니까 제 마음대로 할 거예요."

"?"

되묻기 전에 사유는 나를 벤치에 쓰러트렸다.

"어? 잠깐. 뭐야, 뭐 하는 건데?"

"그렇게 쉽게 싸워서 헤어지고, 자기만 개운하게 두지

않을 거예요."

나를 위에서 짓누르는 사유는 하얀 이를 드러내며 매섭게 웃었다.

"좋아요. 요루 선배에게 상처 주고 싶지 않다는 거죠? 키이 선배의 뜻은 알았어요."

"뭘 알았다는 거야! 아마 아무것도 몰라!"

"저도 제 뜻을 밀어붙일 거예요! 이제 어떻게 되든 알 바 아니에요!"

사유는 내 몸에 위에 올라타 두 손으로 어깨를 눌렀다.

"잠깐, 기다려! 대낮부터 무슨 짓을 하려는 거야! 여기 공원이야! 에이도 돌아올 거야!"

"더는 못 기다려요! 억지로 갈 거예요! 지금! 여기서! 키스할 거예요! 기정사실 만들기!"

결의표명과 동시에 사유의 얼굴이 가까워졌다.

내 가슴 위에 실리는 사유의 몸은 무척 뜨겁고 축축했다.

"자기를 하찮게 다루지 마!"

"저는 키이 선배에게 첫 키스를 주고 싶어요."

접근하는 사유의 눈이 천천히 감겼다.

"괜찮아요, 키이 선배만 말하지 않으면 문제없어요. 저도 비밀로 할 테니까요."

수단을 가리지 않고 억지로 밀어붙이는 사유.

머릿속이 마비될 것만 같은 감미로운 유혹.

남자의 인내심을 시험하는 여성의 밀착.

조금씩 가까이 다가오는 소녀의 얼굴.

동요를 불러일으키는 촉촉한 향기.

사유의 얼굴이 빛을 차단한다.

이대로 받아들여 버리자.

고민할 필요는 없잖아.

자, 마음 편히 먹고.

둘만의 비밀이야.

입술이 가깝다.

"————!"

나는 반사적으로 붙잡은 라켓을 내 얼굴 앞으로 가져와 입술을 겹치려고 하는 사유를 가로막았다.

"······이렇게 방어하는 건 너무하지 않아요?"

"비상사태라서 수단을 가릴 수 없었어."

"싫다면 밀쳐버리면 되잖아요."

사유는 살며시 떨어졌다.

"그럴 수는 없어."

나는 벤치에서 몸을 일으켰다.

"동요했죠?"

"익숙하지 않아, 이런 건."

"······그렇게 안도하지 마세요. 또 상처받잖아요."

"사유."

"됐어요. 제가 멋대로 장기전을 선택했으니까."

고개를 숙인 사유는 머리카락에 가려져 어떤 표정을 짓

고 있는지 알 수 없다.

"계속할 거야?"

"제 마음은 변하지 않았어요! 지금 그건 아쉬웠지만, 저도 아주 두근거렸는걸요."

"사유!"

"결론은 키이 선배에게 맡길게요. 가능하다면 서로 좋아하는 평범한 연인이 되고 싶은데요."

"그러니까, 나는."

"곁에 있고 싶어요."

그렇게 호소하는 사유의 얼굴을 보고 만 나는 무심코 말문이 막혔다.

"사유, 키스미. 사 왔어──!"

에이가 편의점의 비닐봉지를 덜렁거리며 이쪽으로 달려왔다.

"오늘은 돌아갈게요. 학교에서 봐요."

사유는 등을 돌리더니, 돌아온 에이에게서 자신의 물만 받고 공원에서 나갔다.

"사유, 무슨 일이야? 돌아가?"

"뭔가 급한 볼일이 생겼대."

나는 적당히 얼버무렸다.

"흐응. 좋은 일이라도 있었나."

"어?"

"사유, 울면서 웃고 있었어."

"……에이. 물 줘."

계속 움켜쥐고 있던 라켓을 벤치에 내려놓고 차가운 미네랄 워터를 단숨에 마셨다.

얼마 지나지 않아 스마트폰에서 라인 착신음이 울렸다.

사유 : OK라는 대답이라면 계속 기다릴게요.

요루 선배에게 상담할 거라면 마음대로 하세요.

아, 질투하지 않도록 조심하구요. (웃음)

"(웃음)은 무슨!"

고백의 대답을 기다렸던 적은 있어도, 상대가 고백하고 도망치는 건 처음이었다.

◇ ◇ ◇

사유에게 고백을 받은 후, 나는 어떻게 해야 할지 고민했다.

아니, 결론만은 정해져 있다.

내 연인은 요루카다.

그게 달라질 일은 없다.

다만, 나는 사유의 얼굴을 본 그 순간 주저하고 말았다.

에이가 오든 말든 그 자리에서 바로 말해야 했다.

나중으로 미뤄버린 만큼 한 번 더 사유와 진지하게 마주 볼 준비를 해야만 하게 되었다.

그 때문에 발생하는 정신적인 마모나 앞으로의 대응을

생각하는 것만으로도 마음이 무거웠다.

상대방의 진지한 마음을 함부로 대할 수는 없다.

이미 배드민턴은 안중에 없어져, 에이와 한 번 시합을 했는데 제대로 된 승부가 되지 않았다.

큰 점수 차로 압승한 에이는 이긴 보람도 없는 나에게 화를 내는 게 아니라 반대로 걱정했다.

"키스미, 좀 이상해. 집에 돌아갈까?"

"미안, 그렇게 하자."

"응. 라켓도 에이가 들어줄게."

초등학생인 동생에게 배려를 받아, 드물게 손을 잡고서 집에 돌아오고 말았다.

집에 돌아오자 사유에게 주려고 했던 선물이 현관에 놓여 있었다.

나는 방에 틀어박혀 침대 위로 쓰러졌다.

"터무니없는 폭탄을 떨어트리고 말이야……."

골든 위크 동안 연인은 해외여행으로 만나지 못한다.

쓸쓸함이 커지는 타이밍에 결사적인 각오로 던지는 고백.

기정사실을 만들기 위한 강제 키스.

심지어 나만 말하지 않으면 된다는 비밀스러운 관계로 끌고 가려 하다니.

"그렇게 무모한 짓을 할 만큼 사유가 궁지에 몰려있었을 줄이야."

전혀 눈치채지 못했다. 가슴이 아프다.

분명 사유는 이 죄책감까지 내다보고서 고백한 거겠지.

그렇게 흔들어놓고, 대담한 행동으로 나와 관계를 막무가내로 바꾸려고 했다.

억지로 밀어붙이면 어떻게든 되는 남자.

중학생 때의 나였다면 들떠서, 부끄러워하면서도 받아들였을 것이다.

"그야 기본적인 부분은 바뀌지 않았지만, 옛날과 똑같다고 생각했다면 너무 얕본 거라고."

──나도 성장했다.

과연 재회한 사유가 몇 번 만난 것만으로도 내 변화를 제대로 간파할 수 있었을까.

만약 이해했다고 치고, 실연한다는 걸 알면서 고백하는 의미는──.

"……──고백의 결과보다도 고백 자체가 중요한 건가."

어쩐지 그 후배라면 그렇게 생각할 것 같았다.

사유는 작년 은퇴 시합에서 고백하지 못하고 오늘까지 오고 말았다.

"그렇다면 제대로 결말을 내야지."

우리는 고등학생이 되었다.

이제 그 시절로는 돌아가지 못한다.

"선물, 못 줬으니까."

사유의 고백을 거절한다. 그렇게 정했다.

그 녀석이 직접 마음을 전해준 이상, 나도 정면으로 전하려고 생각했다.

　밤늦은 시각, 요루카에게서 라인이 왔다.

　나는 사유와의 문제를 일단락하기 전까지는 참기로 하고 일부러 메시지를 보지 않았다.

다음 날 아침, 나는 여느 때보다 일찍 일어나 유키나미 가의 앞에서 사유가 나오는 걸 기다렸다.

한 손에는 어제 주지 못했던 선물이 든 종이봉투.

불평을 한다고 해도 이게 만나기 위한 구실이다.

그렇게 앞으로의 전개를 시뮬레이션하고 있었더니 유키나미 가의 현관문이 벌컥 열렸다.

나타난 사람은 사유——와 판박이인 사유의 어머니였다.

"어라? 키스미. 무슨 일이야? 잘 지냈어?"

아침 쓰레기를 버리러 나온 사유의 어머니는 나를 보자마자 구겨 신은 샌들 차림으로 빠르게 다가왔다.

"오랜만입니다. 아, 쓰레기 버리시는 거죠? 도울게요."

"어머, 미안하게."

"이제 와서 사양하지 마세요."

쓰레기봉투를 받아들고 근처에 있는 전봇대로 날랐다.

"키스미가 도와주는 것도 몇 년 만이지? 만나서 반가워! 키스미, 키가 많이 컸네. 남자아이는 이렇게 쑥쑥 성장하는구나. 지금부터라도 사유에게 남동생을 만들어줄까. 아, 물론 농담이야. 우후후."

딸의 선배인 나에게 친구처럼 대하는 사람이 사유의 어머니였다.

변함없이, 도저히 고등학생인 딸이 있는 사람으로는 보

195

이지 않는다.

　그 젊은 외모는 딸과 둘이 길을 걸으면 자매냐는 질문을 받는 수준이다.

　수다를 아주 좋아해서, 중학생 때는 사유가 등교 준비를 하는 동안 이렇게 서서 잡담을 나누곤 했다.

　"오늘은 무슨 일이야? 설마 날 만나러 와 준 거니? 그렇다면 기쁘겠는데."

　"인사가 늦었죠, 안녕하세요. 저도 만나서 기뻐요. 아, 이거 가족여행에 다녀온 기념선물이에요. 받아주세요."

　나는 우선 사유의 어머니에게 선물을 드렸다.

　"고마워! 앗, 온천 만쥬! 오늘 간식은 이걸로 해야겠다."

　"그런데 사유 있나요?"

　"어. 사유는 오늘은 아주 일찍 집에서 나갔는데."

　"벌써 등교했어요? 왜죠?"

　"왜일까?"

　"사유, 옛날에는 그렇게 늦잠 자곤 했었는데 일찍 일어날 수 있게 되었군요."

　"그렇지 않아. 사유는 어릴 때부터 아침에 꼬박꼬박 잘 일어났어."

　사유의 어머니는 아무렇지도 않게 흘려들을 수 없는 말을 했다.

　"네? 무슨 소리예요?"

　"……──, 아. 이거 키스미에게는 말하면 안 되는 거였지.

사유에게 입막음을 당했는데. 하지만 이미 시효가 지났겠지. 말하지 않아서 미안해."

실수했다며 천진하게 웃는 사유의 어머니.

사유가 아침에 잘 일어난다고?

"저기, 그럼. 사유가 아침에 일어나질 못하니까 아침 연습에 오지 못한다는 건……."

나는 조심조심 물었다.

"그 애, 옛날부터 일찍 일어났어. 아침에는 늘 여유롭게 일어났으니까 처음에는 단순히 아침 연습에 가기 싫었던 모양이야. 하지만 키스미가 데리러 오게 된 뒤로 마지못해 가던 것이 점점 즐거워져서. 그래서 키스미가 데리러 오지 않게 되어서 무척 충격이었나 봐."

"아……. 그랬, 군요."

"은퇴 시합도 키스미가 응원하러 오는 걸 기대했었는데. 사정이 안 됐다면 어쩔 수 없지."

"…………."

"맞다. 그래서 갑자기 고등학교는 에이세이에 가고 싶다고 했을 때는 깜짝 놀랐어. 사유는 공부를 싫어하는데 열심히 노력했거든. 이것도 키스미 덕분이야."

사유의 어머니는 눈을 휘면서 웃었다.

"……저는, 아무것도 한 게 없어요. 사유가 스스로 노력한 결과죠."

"그래도 그 아이에게 계기를 준 건 키스미야. 고마워."

사유의 어머니는 전부 알고 있다. 아마 그런 느낌이 들었다.

"키스미, 고등학교에서 여자친구 생겼다면서?"

"네."

"우리 애보다 예쁘니?"

"진심으로 반한 사람이 세상에서 제일 예쁘죠."

"후후후, 백점 만점의 대답이네."

"죄송합니다."

"괜찮아. 그 애는 멋진 청춘을 보내는 거야. 분명, 좋은 추억이 되겠지."

나는 유키나미가를 뒤로하고 그대로 학교로 향했다.

인기척이 없는 주택가를 홀로 걸었다.

아직 시업식까지 상당히 시간이 있기 때문에 서두를 필요는 없다. 그런데도 내 발걸음은 점점 빨라지기 시작하더니, 곧바로 짜증이 섞인 빠른 걸음으로 바뀌었다.

"남을 신나게 휘둘러대고."

나도 모르게 불평이 흘러나왔다.

"심지어 자기가 고백해놓고 도망치지 말라고."

어느새 달리고 있었다.

"뭐가 가짜 고백이야. 뭐가 아침에 약하다는 거야! 정말, 죄다 거짓말이잖아!!"

유키나미 사유라고 생각했던 사람의 정체는 완전히 오답이었다.

"거짓말을 할 거면 끝까지 하라고! 늦었다는 걸 아는 주제에."

나는 갈 곳 없는 분노를 달리기를 통해 필사적으로 소화하려 했다.

"실연한다는 걸 알면서 고백해놓고 또 나중으로 미룰 생각이냐고!"

애초에 누가 잘못한 것도 아니다.

그 시절의 나는 둔했고, 사유는 거짓말쟁이였다.

그 거짓말조차 거슬러 올라가면 단순히 쑥스러워서 그런 것이었다.

편안한 친구 같은 선후배 관계가 너무나 당연해서, 그 이상의 변화를 생각하지도 못했다.

부활동을 은퇴한 나는 수험 공부에 집중했기 때문에 연애 같은 건 안중에 없었다.

그리고 에이세이 고등학교에 들어가 아리사카 요루카를 좋아하게 되었다.

아이러니하게도 나와 엇갈릴 때마다 사유는 본래의 행동력을 되찾아간다.

내가 은퇴 시합에 응원하러 오지 않았기 때문에 자기가 만나러 가겠다는 양 사유는 에이세이 고등학교에 합격했다.

하지만 따라잡았을 때는 이미 내가 요루카와 사귀고 있었다.

학교에 도착했다. 나는 사유에게 라인을 보냈다.

키스미 : 지금 어디야?

사유 : 아직 침대요. 졸려.

유키나미 가를 방문했던 나는 그녀가 자택에 없다는 걸 알고 있다. 그런데 거짓말을 한다는 건, 사유의 어머니는 연락하지 않았다는 뜻이다.

나는 일부러 사유의 거짓말에 편승하기로 했다.

키스미 : 아침에 얼마나 약한 거냐. 잠이 너무 많아.

사유 : 어쩔 수 없잖아요. 키이 선배가 데리러 오면 일찍 일어날 수 있을지도.

키스미 : 그럼 오늘은 특별히 가 줄게.

사유 : 자다 깬 사유의 얼굴을 보고 싶어 하다니, 키이 선배도 변태구나.

키스미 : 누가 변태냐.

사유 : 아, 예. 그럼 지금부터 아침 먹을 거니까 실례합니다!

그렇게 라인은 일방적으로 끊어졌다. 하지만──.

"아침밥이 뭐 어째? 오늘은 아주 일찍 일어났나 본데? 사유."

"어……? 어째서, 여기 있는 거예요?"

1학년인 자신의 교실에 갑자기 나타난 나를 보고 놀라는 사유. 완전히 얼어버렸다.

나는 라인을 하면서 실내화로 갈아신고, 서둘러 1학년 교실까지 달려 올라왔다.

"대화하자. 이번에야말로 전부, 사실만 말해."

이제 거짓말은 통하지 않는다.

◇ ◇ ◇

교실에서는 언제 누가 올지 알 수 없기 때문에 옥상으로 이동했다.

아무도 없는 옥상은 경치가 좋고, 아래쪽에 펼쳐진 운동장에서는 아침 연습을 하느라 땀을 흘리는 축구부의 목소리가 들렸다. 상쾌한 아침 공기를 깊이 들이마셨다.

5월의 하늘은 푸르고 기분 좋다.

"왜 벌써 학교에 있는 거예요?"

"아까 네 집에 들렀어. 그랬더니 사유의 어머니가 이것저것 가르쳐주셨지."

"아~~ 엄마도 진짜!"

"내가 멋대로 물어본 거야. 뭐라고 하지 마."

"하루 만에 일찍 일어나면서까지 만나러 오다니, 대체 절 얼마나 좋아하는 거예요?"

"어. 좋아해. 사유를."

"네?!"

사유는 괴성을 질렀다.

"가, 갑자기 무슨 소리예요? 무슨 일을 꾸미는 거예요?"

"공원에서 돌아온 뒤에 열심히 생각했어. 유키나미 사유는 나에게 어떤 여자아이였는지."

"좋은 자극이었던 모양이네요."

"그래. 지금까지 중 가장 짜릿했지. 그래서, 알았어."

"네."

"우리는 자주 같이 있었어. 그건 선후배를 떠나서, 애초에 마음이 잘 맞았던 거야."

"저도 그렇게 생각해요."

"아마 중학생 때 사유에게 남자친구가 생겼다면 그 시절의 나는 꽤 섭섭해했을 거야. 그 정도로는 너와 보내는 시간이 즐거웠어."

그 순수한, 사소한 나날.

그렇게 나는 성심성의껏 내 본심을 말에 실었다.

"드, 드디어 솔직해졌네요."

사유는 얼굴이 풀어지려는 걸 가까스로 참고 있는 모양이었다.

"실제로 중학생 때 가장 대화를 많이 한 이성은 사유니까."

같은 반 여학생보다 훨씬 많은 대화를 나눴던 건 틀림없다.

"키이 선배를 상대해주는 친절한 여자아이는 저 말고는 없었으니까요."

"그랬지."

나는 순순히 인정했다.

"저, 저기, 키이 선배. 잠깐, 기다려요. 너무 솔직해지면 좀, 생각했던 것과 다르니까, 그게……."

내가 말할수록 사유의 얼굴이 빨개졌다.

"왜 이제 와서 당황하는 건데. 싫다면 바로 결론 말한다?"

"어……, 뭔가 서두를 필요도 없지 않을까요? 다음 기회에 하지 않을래요?"

나는 도망치려고 하는 사유의 손목을 잡았다.

"세, 세게 나오네요. 대답은 계속 기다리겠다고 했는데."

태연한 말투를 유지하면서도 사유는 몸을 비틀며 내 손을 뿌리치려고 했다.

"거짓말은 안 해. 얼버무리는 것도."

"키이 선배, 놔요!"

"사유."

"싫어, 듣고 싶지 않아!"

"그래도 내가 가장 소중히 하고 싶은 건 요루카야. 그러니까 네 마음은 받아들일 수 없어."

사유는 필사적으로 떨어지기 위해 발버둥 치던 것을 뚝 멈추고는 갑자기 얌전해졌다.

고개를 돌리고, 머리카락도 흐트러져있기 때문에 지금 사유가 어떤 표정을 짓고 있는지 전혀 알 수 없었다.

"이게 내 대답이야."

말했다.

숨김없이, 진심에서 우러나온 말로 털어놓았다.

확실하게 선을 긋고 우리들의 중학 시절을 끝낸다.

그게 어떤 변화를 부른다고 한들, 더는 답을 미룰 수는 없었다.

"그야 푹 빠지는 건 이해해요! 요루 선배는 예쁘니까! 지금은 행복하겠죠! 하지만 아무리 봐도, 아무리 생각해도 키이 선배와 요루 선배는 안 어울려요! 언젠가 반드시 헤어질 거예요!"

"처음부터 헤어질 걸 생각하면 아무도 좋아할 수 없어."

"상대방의 수준이 너무 높다고요!"

"그 무모함에 가능성을 느낄 정도로 요루카는 나를 좋아해."

"몇 번이고 말할 거예요! 평범한 게 좋잖아요. 발돋움을 하다가 다치는 건 본인이라고요!"

매도하는 듯한 말이 쏟아져도 나는 태도를 바꾸지 않았다.

"사유도 특별해. 이렇게 예쁜 아이에게 고백을 받아서 기뻤어."

"이제 와서 빈말 따위는 필요 없어요! 절 예쁘다고 생각한다면 중학생 때 빨리 고백했어야죠!"

"…………."

"키이 선배, 그거 알아요? 자기 목을 조르는 셈이에요."

"뭐가?"

"학급 임원으로서 대하다가, 상대방에게 잘 맞춰주는 키이 선배밖에 없으니까, 요루 선배는 그래서 사귄 거예요. 하지만 요루 선배가 자연스럽게 다른 사람과 대화할 수 있게 되면 평범한 키이 선배에게 의지할 필요는 사라진다고요.

버려질 가능성을 자기 손으로 올려놓다니…… 바보 아냐."

사유가 말하는 커뮤니케이션 능력을 터득한 요루카는 확실히 무적일 것이다.

퍼펙트 요루카. 거기에 단점은 보이지 않는다.

"요루 선배 같은 미인은 얼마든지, 마음대로 상대를 고를 수 있어요. 더 대단하고, 더 친절하고, 더 멋있는 사람이 접근하면──."

"미래는 단언할 수 없다니까. 사유도 고등학교에 들어간 나에게 연인이 생길 거라고 생각하지 못했잖아?"

"치사해요. 자기만 앞서가고."

어두운 목소리로 사유가 툭 중얼거렸다.

"너에게 아리사카 요루카는 완벽한 여자로 보일지도 모르지. 하지만 내가 아는 요루카는 아니야. 내버려 둘 수 없고, 여리고, 그래서 힘이 되어주고 싶어."

"그렇게 여느 때처럼 돌봐주다가 좋아하게 거군요? 저 때와 뭐가 다른데요? 왜 요루 선배에게만 고백한 거예요!"

"사유. 나는."

"……이제 됐어요. 키이 선배의 마음은 알았어요. 손 놔도 괜찮아요."

사유는 천천히 고개를 들고 나와 마주 보았다.

"손수건. 아직 안 썼으니까 깨끗해."

나는 살며시 손을 놓았다. 그리고 울고 있는 사유에게 손수건을 내밀었다.

"키이 선배도, 준비성이 좋네요."

작게 중얼거린 뒤 사유는 손수건을 쳐냈다.

화를 내고 있는데도 그녀의 목소리는 차갑다.

"사유."

"있잖아요. 키이 선배. 요루 선배의 아침 귀가 소문 있었잖아요."

"그게 왜."

"그런 소문이 학교 전체에 퍼졌을 때 솔직히 무슨 생각했어요?"

"그야 연인으로서는 화도 났지. 누구든 본의 아닌 소문이 퍼지면 기분이 나쁜 게 당연하잖아."

"하지만, 아니 땐 굴뚝에 연기 안 난다는 말이 있잖아요."

"소문 같은 걸 진지하게 믿지 마. 그건 다른 사람이었잖아."

칸자키 선생님이 마련한 '별개인물설'의 줄거리에 따라 대답을 돌려주었다.

"──그거야말로 거짓말이네요."

사유의 목소리에는 확신이 담겨 있었다.

"왜 그렇게 생각하는데?"

"그야 그 소문 퍼트린 거── 저니까요."

사유는 무척이나 성격이 나빠 보이는 일그러진 미소를 지었다.

"이제 와서 쓸모없는 거짓말 하지 마."

나는 제대로 상대할 마음이 없었다.

"이제 귀찮은 거짓말은 안 한다니까요."

도발하듯이 조소와 분노가 묻어나는 목소리.

그리고 사유는 삼류 연극의 범인처럼 유창하게 떠들기 시작했다.

"그날 아침에 손을 잡고 걷는 두 사람을 근처에서 우연히 발견했거든요. 설마 하는 마음에 그대로 몰래 미행해서, 역에서 헤어질 때까지 계속 봤어요. 그 대인기피증으로 유명한 아리사카 요루카가 남자와 손을 잡고 있다는 것으로도 놀라운 일인데 상대방이 키이 선배라니. 저 충격으로 죽어버리는 줄 알았다니까요?"

일부러 의도하는 듯한, 머리가 나빠 보이는 말투.

"우리를 봤는데, 그래서 어떻다고?"

"사랑이 지나쳐서 미움이 백배 같은? 마침 다도부 활동일이라서 거기 갈 예정이었는데, 정신을 차리니 여러 사람에게 말해버렸어요. 이야, 질투는 참 무섭단 말이죠."

"그래서 당당해지기로 하고 나에게 말을 건 거야?"

연인 선언을 한 날의 방과 후, 칸자키 선생님의 설교에서 해방된 직후에 타이밍 좋게 나타난 사유.

그건 우연이 아니다.

반가운 재회는 전부 사유의 손이 닿은 필연이었다.

"그런 거예요! 제 계획으로는 아침 귀가 소문이 원인이 되어 요루 선배와 결별. 상심한 키이 선배와 극적인 재회, 그리고 고백. 오랜 짝사랑이 드디어 빛을 보게 될──예정이었는데."

과장된 몸짓을 섞으며 이야기하면서도 마지막에는 힘이 다했다는 듯 툭 두 팔을 내렸다.

"설마 연인 선언을 해버릴 줄이야. 항복이에요. 제 예상을 늦가하다니, 키이 선배도 제법이란 말이죠."

마치 자신을 비난하라는 듯이 말하고 있다.

"그런 악질적인 태도는 사유에겐 안 어울려."

"실망했죠? 소문을 퍼트린 범인도 알게 되었으니──어떻게 할래요?"

사유는 도발하듯 물었다.

"또 네가 거짓말을 하고 있을 가능성도 있잖아."

"착해 빠졌다니까, 키이 선배는. 뭐, 그런 점이 좋았던 거지만요."

"사유의 말은 진지하게 믿지 않으려 하고 있거든."

"하지만 사실이에요."

"사유가 범인이라는 증거도 없어!"

나는 믿고 싶지 않아서 무심코 언성을 높였다.

"……증거라면 있어요. 다도부 고문 선생님이라면 분명 알고 있을걸요."

"칸자키 선생님이?"

갑자기 담임 교사의 이름이 나와 순간 이해하지 못했다.

"나머지는 직접 확인하세요. 화내지도 못하는 약골 키이 선배."

비웃는 말을 남기고 옥상을 떠나려고 하는 사유.

"사유! 왜 일부러 밝힌 거야?"

"──이뤄지지 않는 사랑이라면, 하다못해 잊을 수 없을 만큼 미움받고 싶어서요. 그렇게 상대방에게 상처가 되어 새겨지고 싶다고. 그렇게 생각한 것뿐이에요."

돌아보는 사유의 옆얼굴에 내가 알던 쾌활함은 없다.

나를 보는 싸늘한 눈빛은 공허했다.

이것으로 끝.

그녀는 그렇게 정하고 실행했다.

실연하기 위한 고백. 상처 주기 위한 고백. 잊지 못하게 만들기 위한 고백.

우리는 이미 과거로는 돌아갈 수 없다.

옥상의 문이 닫히고 나는 홀로 우두커니 서 있다.

"그건 아무리 그래도 너무하잖아."

옥상 펜스에 몸을 기댔다.

고백을 거절한다는 익숙하지 않은 고행 끝에 기다리고 있던 공격.

연이 끊어진 것만이 아니라, 여태까지 쌓은 즐거운 추억마저 변질시켜버리는 폭로.

아무리 산뜻한 아침 공기를 마시려고 해도 잘 안 되었다.

이 가슴 속의 먹구름이 걷히는 방법이 있다면 가르쳐줘.

갈 곳 없는 감정에 짓눌린 나는 펜스의 철조망을 세게 움켜쥐었다.

문득 어젯밤 요루카에게서 받았던 메시지를 떠올렸다.

스마트폰을 꺼내 메시지의 내용을 확인했다.

요루카 : 날씨 문제로 비행기가 미뤄져서, 내일 학교에는 못 가.

"이럴 수가……."

너무 충격이 커서 답장조차 하기 어려웠다. 골든 위크가 끝나고 드디어 요루카를 만날 수 있다고 생각했는데 그녀는 여전히 하늘 위에 있다.

예상치 못한 추가 공격에 전신에서 힘이 빠져버렸다.

"기립!! 차렷!! 경례!! 착석!!"

"……세나 학생, 왜 오늘 아침은 그렇게 힘이 들어간 거죠?"

아침 홈룸.

내가 여느 때보다 훨씬 큰 목소리로 구령한 것을 칸자키 선생님이 의아해했다.

"아뇨! 딱히 아무 일도 없습니다!"

선생님은 미심쩍은 눈으로 나를 바라보았지만, 그 자리에서 깊게 추궁하지는 않았다.

사무적인 연락사항과 연휴에 관한 인사를 한 뒤, 선생님은 평소보다 일찍 홈룸을 마쳤다.

옥상에서 사유와 있었던 일 때문에 나는 하루 치의 기력과 체력을 이미 다 써버렸다.

허세와 기합으로 기운을 끌어올려 오늘 하루를 극복하려 했다.

"스미스미, 오늘은 어째 이상한데?"

"혹시 연휴 때 아리사카에게 차였어? 학교도 안 오는 것 같고."

1교시가 시작하기 전에 미야치와 나나무라가 내 책상으로 다가왔다.

"요루카는 귀국 비행기가 늦어진 것뿐이야! 안 차였어! 웃기지 마!"

"……훗, 역시 남자친구. 제대로 파악하고 있구나."

나나무라가 휘익 하고 휘파람을 불었다. 할리우드 영화에 나오는 미국인이냐.

"당연하지."

"뭐, 긴 연휴가 끝났는데 연인을 만나지 못한다니 꼴좋다."

"칭찬했다가 욕하지 마!"

나는 나나무라의 배에 주먹을 꽂았다. 역시 강철처럼 딱딱해서 이쪽의 손이 더 아팠다.

"하지만 내일까지 원래대로 돌아가지 않으면 요루요루가 걱정할 거야."

미야치가 이쪽의 눈을 빤히 쳐다보았다.

걱정해주지만 자세한 건 묻지 않는다. 그 배려가 고마웠다.

"알아."

"그 대답, 들었어! 제대로 안 하면 안 돼."

"미야우치는 세나에게 무르다니까. 더 탈탈 털어서 괴롭혀주자고."

"안 돼! 지금은 장난으로라도 그러면 안 되는 때야."

"초능력자냐. 어? 뭐야. 그렇게 위기야?"

나나무라도 장난기를 거두고 나를 바라보았다.

두 사람에게 도움을 요청하면 성실하게 상담에 응해주고, 힘을 빌려줄 것이다.

하지만 사유와의 일은 이미 끝나버렸다.

내 한심한 감장에 어울리게 하고 싶지 않았다.

"괜찮아. 고마워, 둘 다."

마침 울린 예비종에 일단락이 났다는 듯 미야치와 나나무라는 자리로 돌아갔다.

나는 점심시간이 올 때까지 유키나미 사유와의 괴로운 결말을 반추하고 있었다.

생각해보면 참 뻔뻔한 이야기다.

나야말로 사유를 응원하러 가지 않았던 주제에, 이제 와서 배신당했다고 충격을 받다니 마음은 참으로 이기적이다.

사유도 오랫동안 좋아하는 마음을 숨기며 나를 대했다.

──가까운 사람의 진심을 잘못 인식하고 있었다는 사

실이 단순히 큰 충격이었다.

"역시 내가 잘못한 거잖아."

작년 여름, 내가 제대로 사유의 은퇴 시합을 응원하러 갔다면 그런 식으로 슬프게 만들지는 않았다.

하다못해 답장을 했더라면 이렇게까지 사유를 몰아세우지도 않았을 것이다.

"정말, 읽씹은 안 좋다니까."

답장이 없다는 것 때문에 괜한 걱정을 끼치게 된다.

오해로 인해 생각지도 못한 행동에 사로잡히는 경우도 있다.

설령 그 무렵의 내가 힘든 상황에 처해 있었다고 해도 사유와 직접 관련이 있는 건 아니다.

최소한의 매너를 지키지 못했다는 건 사실이다.

후회는 아무리 해도 늦다.

그리고, 이미 끝나버린 일이다.

"그러니 이 이상 쓸데없는 혼란은 사양이야."

교무실의 문을 두드렸다.

"실례합니다. 점심시간인데 죄송합니다. 칸자키 선생님, 시간 괜찮으실까요?"

나는 칸자키 선생님에게 꼭 확인해야만 하는 일이 있다.

"저기, 아사키. 지난번 노래방에서 유키나미와 무슨 이야기 했어?"

정신이 나간 스미스미에 의문을 품은 나는 아사키가 혼자 있을 때 물어보았다.

"비밀 이야기를 가르쳐주는 건 좀. 미안해. 하지만 왜?"

부드럽게 거절하면서도 아사키는 흥미를 보였다.

"스미스미의 상태가 이상한 거, 왠지 유키나미와 관련이 있을 것 같아서……."

"아리사카가 학교에 오지 않아서가 아니고?"

"그런 단순한 일이라면 순순히 나나무나 나에게 말했겠지."

"말하지 않는 건 조사하지 않는 게 좋을 것 같은데?"

"언제든 도와줄 수 있도록 준비는 해두고 싶어서."

"히나카는 친구를 많이 위하는구나."

"아사키는 아니야?"

내가 본 하세쿠라 아사키의 인상은 사람들의 중심에 있고 인망이 두터운 우등생이었다.

"학급 임원이라고 해서 전부 키스미 같은 사람인 건 아니야."

"뭐, 스미스미는 오지랖이 넓으니까."

"심지어 질질 끌기 쉬운 타입."

"본인은 숨기고 있다고 생각하지만 묘하게 들킨단 말이지."

아사키에게 넘어가 세나 키스미에 대한 이야기로 말이 오갔다.

"뭐, 거짓말을 못 하는 솔직한 사람이라고도 할 수 있잖아."

"배려를 너무 해서 스트레스가 걱정이야."

"둔한 부분은 둔하니까 의외로 괜찮지 않을까."

"──여자애의 호감에도?"

그렇게 돌려주며 아사키의 반응을 세밀하게 관찰했다.

"함정을 파려고 해도 안 넘어가."

그녀가 한 수 위였다.

"저기, 히나카는 얼마 전까지 날 경계하지 않았어?"

"옛날에는. 뭐, 그것도 꽤 전부터 무의미해졌지만."

나는 과거형으로 말했다.

"아…… 나와 동지였다는 거지. 대단한데, 전혀 눈치채지 못했어."

아사키는 바로 알아차렸다. 그 부분은 역시 대단하다.

"아무에게도 말하지 않았으니까."

"히나카는, 그에게 고백했어?"

"했어. 거절당했지만."

"하아…… 히나카가 말이지. 키스미와 친하다고는 생각했지만, 그 정도일 줄이야."

"나처럼 쬐끄만 애가 남자친구를 사귀고 싶어 하면 안 돼?"

"히나카는 귀여워. 나보다 훨씬 솔직하고 순수하고."

그렇게 눈을 마주친 우리는 서로를 보며 웃었다.

"한 명 더 추가야."

아사키의 그 말로 알아차렸다.

"역시 유키나미구나. 그 애가 스미스미를 보는 눈은 처음부터 평범한 선배를 보는 눈이 아니었으니까. 고백을 거절해서 저렇게 우울해하고 있었나?"

"고백을 받을 때까지 눈치채지 못하는 남자라니, 정말 뭘까."

아사키가 드물게 푸념했다.

"사실 스미스미는 둔한 게 아니라, 좋아하는 사람 말고는 순수하게 담백한 거 아닐까. 남녀 상관없이, 상대방이 어떤 타입이든 평등한 태도로 대할 수 있는 사람."

교실에는 다양한 타입의 학생이 있다.

세나 키스미가 학급 임원이 된 것도, 그렇게 개성이 다른 아이들을 적절히 이어서 연결해줄 수 있기 때문일 것이다. 어디에도 기대지 않고, 어떤 것에도 치우치지 않는다.

"아, 그거 굉장히 납득 가!"

아사키는 깨달음을 얻었다는 듯 고개를 끄덕였다.

"……하지만 짝사랑하는 쪽에서 보면 꽤 잔인한 태도란 말이지."

그리고는 조금 쓸쓸한 듯 중얼거렸다.

"좋아하게 된 건 이쪽 사정이잖아?"

"연애란 어렵구나."

"그러게."

우리는 사랑이라는 괴물의 부당함을 절절히 곱씹었다.

"사유, 괜찮을까?"

"위로하러 갈 거라면 나도 같이 갈게."

내가 제안하자 아사키는 난처한 얼굴로 털어놓았다.

"그게, 아침에 사유에게서 차인 것보다 후회한다는 라인이 왔거든. 자세히 물어보려고 해도 답장이 없고, 아무래도 거절당한 충격이란 느낌만이 아니야."

"응? 그럼 스미스미는 뭘 고민하는 거지?"

그렇게 되면 이야기가 달라진다.

"글쎄. 아무튼 우리의 예상보다 훨씬 꼬였다는 건 확실할지도."

"스미스미도 좀처럼 회복되지 않네."

"……아리사카, 오늘 학교 안 와서 다행이야."

"응. 만약 남자친구가 다른 여자 때문에 고민하고 있다는 걸 알면 피바다가 펼쳐질지도 몰라."

요루요루의 열렬함과 행동력을 아는 우리는 무심코 농담 같은 상상을 하고 말았다.

내가 칸자키 선생님을 찾아가자 선생님은 '장소를 옮기죠'라며 다도부의 다실로 이동했다.

선생님은 여느 때처럼 말차를 끓여주는 게 아니라 전차를 끓일 준비를 시작했다.

찻주전자와 차통, 찻잔을 2인분 준비했다.

고작 그게 전부인데도 변함없이 반듯한 자세와 아름다운 동작에 넋을 잃게 된다.

나도 정좌하면서 물이 끓는 걸 기다렸다.

"차를 마실 시간이 있으세요?"

"5교시 시작 전까지는 끝낼 겁니다. 최악의 경우라도 다음 수업은 2학년 A반이니 조금 늦어져도……."

"자기가 담당한 반의 수업이면 그런 게 있죠."

"다른 소리는 이제 됐으니, 상담하고 싶은 게 있다면 모조리 말해주세요."

재촉하면서도 선생님의 표정은 달라지지 않았고, 유려한 손끝은 흔들림이 없다.

"……후배 여자아이에게 고백을 받아서, 거절했습니다."

찻잎을 찻주전자에 넣으려고 하던 선생님의 손이 뚝 멈췄다.

"──뭐라고요?"

나는 사유와 있었던 일련의 일을 숨김없이 털어놓았다.

선생님은 전차를 만들면서 얌전히 들어주었다. 그리고 한 마디.

"세나 학생에게 공전의 인기 폭발기가 도래했군요."

칸자키 선생님, 질색하다.

"아니, 상담이라는 건 저에 대한 게 아니라 그 후배에 대한 건데요."

내 진지한 태도에 선생님은 바로 단단한 표정으로 돌아왔다.

"듣겠습니다."

그렇게 말하며 찻잔을 내밀었다.

"1학년의 유키나미 사유입니다. 선생님, 알고 계세요?"

"그러고 보면 다도부 체험 입부로 온 학생 중에 그런 이름의 학생이 있었죠."

"그녀가 요루카의 아침 귀가 소문을 퍼트렸다는 것도 알고 계세요?"

"그 유키나미 학생이 스스로 말한 겁니까?"

"네. 오늘 아침, 본인에게서 들었습니다."

선생님은 어쩔 수 없다는 듯 한숨을 흘렸다.

"딱히 세나 학생이나 아리사카 학생을 위해서는 아닙니다."

그리고는 이렇게 전제를 깔고 이야기하기 시작했다.

"아침 귀가 소문의 출처에 대해서는 개인적으로 조사하고 있었습니다. 마침 다도부의 모든 부원에게서 청취를 마친 참이었죠."

"전원, 이요……? 수고 많으셨습니다."

그런 기색을 조금도 느끼지 못했기 때문에 나는 놀랐다.

에이세이 고등학교의 다도부라고 하면 문화계열 부활동 중에서도 발군의 대식구다. 모든 학년에 10명 이상의 부원이 있다고 들었다. 그런데 고작 2주 정도 만에 전원에게서 이야기를 듣다니, 터무니없는 노동량이다.

그렇지 않아도 바쁜 교사라는 직업.

부활동 고문에 더해 일부러 그런 일에까지 시간을 할애해 주었을 줄이야.

그런 고생을 아끼지 않는 칸자키 선생님에게 나는 깊은 존경심을 품었다.

"소문의 출처가 다도부였으니, 부의 품격이 현저히 추락하는 행위입니다. 고문으로서 결단코 용서할 수 없는 일이죠."

"그럼 선생님은 소문을 퍼트린 최초의 인물을 특정하신 거죠?"

"부원 한 명 한 명에게서 누구에게 예의 소문에 대해 들었는지 확인했습니다. 그 출처를 거슬러 올라간 결과, 부원은 전원 결백했죠."

"'부원은'이라는 건 부원이 아닌 사람이 나왔다?"

"아리사카 학생이 역 앞에서 목격된 토요일은 아침부터 다도부 활동이 있었습니다. 부원이 들은 상대를 하나씩 더듬어 올라가자 체험 입부로 왔던 1학년 학생에 도착했죠. 그게 유키나미 사유 학생이었습니다."

칸자키 선생님의 조사와 사유의 자백이 일치하고 말았다.

내 현실 도피적인 갈망은 선생님의 착실한 조사에 의해 완벽하게 부서졌다.

침묵하는 나에게 선생님은 '충격적입니까?'라고 말을 걸었다.

"……어떻게 하실 건가요?"

"어떻게, 라뇨?"

"그, 유키나미 사유에 대해, 무언가."

"아무것도 안 합니다."

선생님은 단호하게 말했다.

나는 어느새 숙이고 있던 고개를 홱 들어 올렸다.

"세나 학생. 애초에 아리사카 학생은 아침 귀가를 한 적이 없다── 그런 식으로 만든 건 다름 아닌 당신이고 저입니다. 아니면 세나 학생은 범인에게 복수라도 하고 싶은 건가요?"

"아뇨. 그런 건 바라지 않습니다!"

나는 몸을 앞으로 내밀며 선생님에게 호소했다.

"사실무근으로 마무리 지은 이상 이제 와서 다시 헤집을 마음은 없습니다. 그렇지 않아도 누군가 씨가 연인 선언 같은 걸 하는 바람에 제가 얼마나 당황한 줄 아시나요?"

선생님은 지난번 건을 역시 화내고 있었다.

"죄송합니다."

그야말로 나는 넙죽 엎으려 사과할 수밖에 없었다.

"친한 후배라고는 해도 일단은 범인인 사람을 비호하다니, 세나 학생은 역시 상냥한 사람이군요."

"원인을 따져보면 제가 잘못한 거니까요."

"······들어본 바에 의하면, 유키나미 학생은 퍼트리고 다녔다기보다는 자기도 모르게 툭 나와버렸다는 느낌이었다고 합니다. 그걸 주위 학생들이 재미있어하면서 퍼트렸다, 는 게 이번 사건의 진실이겠죠. 소문의 확산은 유키나미 학생의 본의라고 할 수 없다. 저는 그렇게 느꼈습니다."

선생님의 그 말에, 나는 옥상에서 사유답지 않은 폭로를 한 그녀의 진의를 알게 된 느낌이 들었다.

"그래서 그렇게 답지 않은 짓을 한 건가."

사유는 착한 아이다. 그녀에게 악당 연기는 어울리지 않는다.

사람을 일부러 상처 쥐 놓고 그 자리에서조차 후회를 숨기지 못할 정도다.

충동적으로 한 행동이었거나, 혹은 그렇게 함으로써 스스로에게 벌을 주고 싶었거나.

적어도 나에게는 그게 유키나미 사유가 진정으로 바란 결말이라는 생각은 도저히 들지 않았다.

"무언가 힌트가 되었습니까?"

"저, 그렇게 얼굴에 티 나나요?"

나도 모르게 내 얼굴을 더듬었다.

"학생의 변화를 알아보는 게 교사의 본분입니다."

참나, 우리 담임선생님에게는 비밀을 만들 수 없는 모양이다.

"선생님, 한 번 망가진 관계를 다시 쌓을 수 있을까요?"

"상대방이 바라지 않는 한 상당히 어렵겠죠."

선생님의 조언은 어디까지나 객관적이다.

그게 지금은 고마웠다.

"좋아하는 마음에 답해줄 수 없는 상대와 하다못해 화해라도 하고 싶다는 건 저 스스로도 뻔뻔하다는 건 알고 있어요. 하지만……."

"한 번이라도 흠집이 나 버린 관계를 수복하는 건 쉬운 일이 아닙니다. 그게 연애 문제라면 더욱더 그렇죠."

"그렇, 겠죠……."

오늘 아침 옥상에서 나와 사유는 끝났다. 그건 틀림없다.

"선을 긋는 것도 어른의 훌륭한 방법입니다. 아쉽게도 가망이 없는 일에 시간이나 감정을 할애하기에는 인생은 너무 짧죠."

그건 끝난 사랑에 미련을 남기는 것과 닮았다.

이뤄지지 않는 꿈을 좇는 것에 가깝다.

보답받지 못하는 사랑을 맹신하는 것이나 마찬가지다.

──인간은 존재하지 않는 것을 믿고 싶어 하는 생물이다.

그런 말끝에 칸자키 선생님은 이렇게 물었다.

"다만, 유키나미 학생이 당신을 잘 아는 것처럼, 당신도 유키나미 학생을 잘 알고 있을 겁니다. 진정한 그녀는 대

223

체 어떤 사람이죠? 그녀가 진심으로 바라는 것은 무엇인가요?"

"네?"

"시간은 되돌릴 수 없지만, 감정은 불가역이 아닙니다. 우정이 애정으로 변하고, 도 우정으로 돌아가는 일도 충분히 있을 수 있죠."

"그런, 편의적인 일은."

"그럼 세나 학생은 어째서 포기하지 않는 거죠?"

은연중에 유키나미 사유에게 집착하는 이유를 캐물어본다.

"제가, 미련을 끊지 못하는 어린애라서요."

"삐지지 마세요. 당신은 자신이 생각하는 것보다 더 어른입니다. 어떻게 할 수 없는 일에는 제대로 선을 그을 수 있어요. 집착하는 건 죄책감 때문만이 아니라, 아직 관계를 수복할 가능성을 보고 있기 때문이겠죠. ……그건, 어떤 것도 포기하지 않는 평소의 세나 학생이잖아요."

그래도 선생님은 마지막엔 등을 밀어주었다.

선을 긋고 남으로 돌아가는 건 간단하다.

교내에서 발견해도 눈치채지 못한 척. 스쳐 지나가도 말을 걸지 않는다.

하지만 그렇게 남남이 되는 건 싫었다.

만약 사유가 소문을 퍼트린 걸 후회하고 있다면, 나는 아직 해야 할 말이 있다.

"막으실 줄 알았어요."

"세나 학생이 순순히 제 말을 듣는 학생이라면 얼마나 편했을까요."

"그럼 저를 학급 임원으로 삼은 선생님의 실수겠네요."

"그럴 리가요. 제가 선택했는걸요. 수고로움에 걸맞은 활약은 해주고 있습니다. 앞으로도 열심히 해주세요."

"계속 부려먹으시려고요?"

"오히려 진짜는 지금부터죠. 가을 체육제와 문화제는 평화롭게 지나가길 부탁합니다."

"딱히 문젯거리를 늘리고 있다고 보진 않는데요."

"양심에 손을 얹어보세요."

선생님은 손바닥으로 뺨을 감싸고 앞으로의 일을 우려하는 모양이었다.

"신뢰하시는 건지, 걱정하시는 건지."

"둘 다입니다. 세나 학생."

나는 선생님이 끓여준 전차에 간신히 입을 댔다.

"앗. 맛있다."

"좋은 차니까요."

"신경 쓰시게 해서 죄송합니다."

"그렇게 심각한 표정으로 교무실에 오면 만약을 위해 장소를 바꾸고 싶어질 만도 하죠."

"인기 많은 선생님에게 조언을 받아서 다행이에요."

칸자키 선생님과 대화한 덕분에 나는 가슴의 응어리가

풀린 기분이 들었다. 간신히 평소의 나로 돌아온 것 같다.

"……어째서 제가 인기 있다는 전제인 거죠?"

"아닌가요?"

"그런 상황이 되어본 적도 없어서 모르겠습니다."

"네? 선생님이라면 끊임없이 어필 받지 않으신가요?"

칸자키 선생님은 분명 시치미를 떼는 거다.

교사로 두는 게 아까울 정도로 대단한 미모의 여성에게 연애 에피소드 한두 개쯤 없을 리가 없다.

"예를 들어 대학생 때는요? 미팅에 불리거나, 남자가 번호를 묻는다거나요."

아무리 생각해 봐도 칸자키 시즈루 같은 여성이 있다면 주위에서 내버려 둘 리 없다.

"입학했을 때는 같은 강의를 듣는 학생이 자주 부르곤 했지만, 어느새 불러주지 않게 되었네요. 울상이 되어선 '시즈루가 있으면 미팅이 여자 모임이 돼'라고……. 너무 필사적이고 심각한 모습이라서 어쩐지 면목이 없었습니다."

아……. 선생님이 있으면 남자가 전부 선생님에게 쏠리니까 멀리한 거구나.

"어떤 센스 있는 화술로 남자의 마음을 잡으신 거예요?"

"잡은 적 없습니다. 물어보는 말에 그저 대답했을 뿐입니다."

잘 모르겠다는 듯 칸자키 선생님은 턱에 손을 가져갔다.

"그럼 알바나 동아리 쪽은요?"

"아르바이트는 부모님이 금지하셨습니다. 일본무용 동아리에 소속되어 있었지만, '이상한 남자에게 속으면 안 돼'라며 늘 동성 친구들이 주위에 있었고요."

"천연기념물 취급으로 보호를 받은 거군요. 친구분들의 마음도 조금 알겠지만요."

나는 이 선생님의 친구들에게 맹렬하게 공감했다.

"어째서죠?"

"소중한 친구가 나쁜 남자의 손에서 놀아나진 않을지 걱정한 거예요."

칸자키 선생님의 표표함은 보기에 따라서는 세상 물정을 모르기 때문인 것처럼 보이기도 한다.

그 부분을 파고드는 나쁜 남자가 없다는 보장이 없다.

"과보호하는 친구들밖에 없었습니다."

"대학을 졸업한 뒤에는요?"

"졸업하자마자 에이세이 고등학교의 교직에 앉아 매일 바쁘니까요."

"어. 그럼 사회인이 된 뒤로 새로운 만남 같은 건……?"

"없는데, 그건 왜 물어보는 거죠?"

응? 묘하다. 뭔가 걸리는데. 이 아름다운 미인 교사. 작업은 수없이 받아봤지만, 누군가와 사귄다는 구체적인 이야기가 아직 한 번도 나오지 않았다.

"선생님, 지금 연인 있으세요?"

"없습니다."

"지금까지도요?"

"……, 딱히 없군요."

칸자키 선생님은 얼버무리듯이 고개를 돌렸다.

"선생님."

"왜 부르시죠?"

"물어보면 꽤 대답해주시네요."

"──! 세나 학생?!"

의도치 않게 담임선생님의 연애 경험치가 낮다는 사실을 알고 말았다.

나는 어쩐지 두근거렸다.

그야 친구가 보호하는 것도 당연하다. 야무져 보이는데 빈틈이 너무 많다.

이런 극상의 여성이 무방비하게 대답을 해주면 그것만으로도 남자는 자기에게 가망이 있는 게 아닌지 착각해버릴 것이다.

딱딱한 교사 모드에서는 상상할 수 없는, 순진한 칸자키 선생님의 모습을 살짝 엿보고 말았다.

변함없이 표정에는 나오지 않지만, 선생님이 부끄러워하고 있다는 건 알아차렸다.

"직분에 열심히 임하는 건 멋지다고 생각합니다. 선생님."

화내기 전에 아부해두었다. 여느 때라면 즉시 싸늘한 목소리로 혼내는 말이 날아왔을 테지만 선생님은 어째서인지 입을 다물었다.

다실이 침묵에 감싸였다.

어라, 뭐지. 이 느낌. ……어째 나마저 부끄러워졌는데요. 의외의 반전에 당황하는 바람에 농담 하나도 생각나는 게 없다. 분위기가 묘하게 간질간질하고, 특별하게 의식하지 않았던 다실에 둘밖에 없다는 상황이 이제 와서 묘한 긴장감을 준다.

나, 왜 이렇게 당황하는 거지?

"──교사를 놀리지 마세요. 그렇게 아리사카 학생을 함락시킨 겁니까?"

먼저 입을 연 사람은 칸자키 선생님이었다.

"아니에요! 저는 일개 제자로서 존경심을 말씀 드린 것뿐입니다."

"세나 학생과 대화하면 입이 가벼워져서 문제예요."

선생님은 평소와 같은 태도로 대화를 진행했다.

"그건 그냥 선생님이 쉬워서 아니고요?"

"세나 학생."

내 농담에 황당하다는 듯 혼냈다.

"하지만 선생님. 학생을 상대로 이런 식이잖아요. 정말로 나쁜 남자를 조심하세요."

"하아. 제자에게 걱정을 받다니 한심하기 그지없군요."

"진지하게 드리는 말씀입니다. 선생님이 슬퍼하시면 저도 슬프니까요."

칸자키 선생님을 신뢰하기 때문에 마음에 걸리는 것이다.

학생을 위하는 담임이 행복하길 바란다.

"······그런 점을 말하는 겁니다."

"저도 적나라하게 사정을 설명했잖아요. 쌤쌤인 걸로 쳐 주세요."

"학생과 교사 사이에 뭐가 쌤쌤이라는 건가요."

선생님이 내 말을 흘려넘겼다.

"아무튼 사정은 파악했습니다. 다만, 앞으로는 여학생과 밀회하는 건 피하는 게 좋을 거예요. 또 문제가 일어나면 곤란합니다."

"선생님과 만나는 이 자리도 포함되나요?"

"저마저 세나 학생의 인기 폭발기에 끌어들이지 마세요!"

"실례했습니다!"

칸자키 선생님의 살기 어린 시선을 받으며 나는 전차를 단숨에 비운 후 다실에서 철수했다.

시각은 5교시가 시작되기 딱 5분 전.

수업에 늦지 않도록 상담을 끝내주었다.

오늘 1학년은 5교시 수업으로 끝난다.

유키나미 사유의 어두운 기분은 개운해지는 일이 없이, 어느새 하교 시각이 되어 있었다.

슬픔과 분노, 후회 등 온갖 감정이 매섭게 소용돌이친다.

마음은 마치 실이 끊어진 연 같았다. 정처 없이 허공을 떠돌며, 아직까지 어디에 착지해야 할지 정해지지 않았다.

아니, 기다리는 건 착지가 아니라 추락이다.

한 번 떨어지면 조각조각 부서져서 다시는 원래대로 돌아가지 못한다.

──실을 끊은 건 자신이다.

고백을 거절할 때, 세나 키스미의 얼굴은 무척 괴로워 보였다.

소문을 퍼트렸다는 걸 털어놓았을 때, 무척 상처받았다.

──어차피 이뤄지지 않는 사랑, 비참하게 질질 끌기보다는 철저하게 망가지라지.

그럴 생각이었다.

그런데 그 사람 좋은 선배는 그래도 거짓말이라고 하면서 결코 믿으려 하지 않았다.

믿으려고 해주는 그를 배신한 것은 자신이다.

그 토요일 아침, 두 사람이 손을 잡고 걷는 모습을 발견하지 않았다면 순순히 실연할 수 있었을지도 모른다.

집이 근처라는 사실이 그토록 악영향을 준 적이 없다.

하지만 망막에 달라붙은 광경을 잊을 수는 없었다.

그 사실을 받아들이지 못하는 채로, 어느새 말이 되어 흘러나와 있었다.

정신을 차렸을 때는 늦어버렸다.

그 말을 들은 순간 주위에서 보인 얼굴이 잊히지 않는다.

순수함과 무례한 호기심으로 빛나던 사람들의 얼굴. 소문은 순식간에 널리 퍼지고 말았다.

자신의 경솔한 한 마디가 월요일에는 학교 전체로 퍼져 있다는 사실에 무서워졌다.

만약 자신이 소문의 출처라는 게 알려지면 그에게 미움받을 것이다. 그렇게 생각해서, 흥미는 있었지만 다도부 입부를 포기했다.

죄책감에 자책하는 한편, 마음속 어딘가에서 두 사람이 헤어졌으면 좋겠다고.

그렇게 기대하는 자신이 있었다.

결과적으로 그들은 공인 커플이 되었다.

더는 이길 수 없다고, 그렇게 깨닫고 말았다.

분명 그런 걸 운명적인 사랑이라고 하는 거겠지.

어떤 장해가 있다 한들 극복하고, 그때마다 인연이 강해진다.

자신의 사랑과는 정반대다.

유키나미 사유는 용기를 내지 못하고 타이밍을 몇 번이나 놓쳤으며, 그럼에도 포기하지 못하고 마지막에는 늦어버렸다.

남자 쪽에서 고백했으면 좋겠다면서 상대방 탓으로 돌렸다.

여자는 수동적으로 기다려야만 한다는 건 대체 어디의 누가 정한 걸까.

좋아한다면 좋아한다고 고백한다.

그런 단순한 일을 하지 못했던 과거의 자신이 원망스럽다.

더 일찍 행동으로 옮겼다면. 그렇게 후회해도 너무 늦었다.

그 끝에 좋아하는 사람을 상처 주고 싶다니, 완전한 적반하장이다.

이제 스스로도 어떻게 해야 할지 알 수 없었다.

도망치듯 교실을 뛰쳐나가 한시라도 빨리 학교를 떠나려고 했다.

계단을 내려가 신발로 갈아신었다. 밖으로 나와 교문으로 달려갔다.

"아, 찾았다."

그러자 저쪽에서 걸어온 사람은 교복을 입은 아리사카 요루카였다.

"타이밍이 맞아서 다행이야."

"……왜, 요루 선배가 밖에서 오는 거예요?"

사유는 오늘 요루카가 결석했다는 걸 몰랐다.

갑자기 자신의 눈앞에 나타난 연적에 혼란이 극한으로 치달았다.

"귀국 비행기가 늦어져서 사실은 쉴 생각이었는데…… 와야만 하는 이유가 생겼거든."

"벌써 6교시, 인데요."

"수업은 처음부터 받을 생각 없었어."

당당하게 긴 머리카락을 나부끼며 요루카가 사유 옆으

로 왔다.

"잠시 대화하지 않을래?"

"하지만……."

마음속에서 양심의 가책이 소용돌이쳐서 당장에라도 도망치고 싶다.

하지만 꼭 그만큼 대화해보고 싶었다.

망설이는 사유의 마음을 알아차린 듯 요루카가 그 손을 잡았다.

"가자."

두 사람은 교사와 교사 사이에 있는 안뜰로 향했다.

"뭐 마시고 싶은 거 있어?"

"그럼, 따뜻한 밀크티요."

요루카는 옆에 있는 자동판매기에서 자신과 사유의 음료를 샀다.

안뜰을 한눈에 조망할 수 있는 벤치에 나란히 앉았다.

"자."

"죄송합니다. 잘, 먹을게요."

사유는 요루카에게서 페트병을 조심조심 받아들었다.

요루카가 데려가는 대로 함께 오고 말았지만, 벤치에 앉은 사유는 정신을 차렸다.

이 상황은 대체 뭘까.

하굣길에 난데없이 아리사카 요루카에게 붙잡혀서 단둘이 대화하게 되었다.

냉정하게 생각해 보면 상당한 이상 사태다.

대인기피증으로 유명한 아리사카 요루카가 교내에서 누군가와 함께 있다. 심지어 그 상대가 자신이라니.

학교에서 제일가는 유명인인 요루카의 옆에 있는 것만으로도, 안뜰을 지나가는 학생들이 무슨 일인지 궁금해하며 이쪽을 쳐다봤다.

"요루 선배, 토마토 주스 좋아하세요?"

요루카가 마시는 건 토마토 캔 주스였다.

사유는 침묵을 메우기 위해 일단 눈에 띈 것을 화제로 삼았다.

"대충 채소 부족을 해소하고 싶어서."

요루카는 조용히 캔을 기울였다.

오랜 비행으로 인한 피로가 남아있어, 그녀가 두른 분위기는 여느 때보다 훨씬 나른했다.

"미용에 신경 쓰고 계시는군요."

"여행지에서 너무 많이 먹었거든."

요루카는 딱히 나오지도 않은 배를 문질렀다.

"에이, 하지만 요루 선배는 무척 말랐잖아요."

사유가 무난한 대답을 하자,

"……역시 나와 대화하는 건 긴장돼?"

요루카는 캔을 옆에 내려놓고 묘한 얼굴로 물었다.

"뭐, 지난번 노래방에서는 조금밖에 대화하지 못했으니까요."

"압박을 주려는 생각은 없어."

"요루 선배 앞에서는 긴장하지 말라는 게 더 무리예요."

"그렇게 힘주지 않아도 되는데."

요루카 나름대로 배려하고 있을 테지만, 지금의 사유에게는 불가능한 일이었다.

오늘 아침 키스미와의 사건을 요루카는 알고 있는 걸까. 그 건에 대해서 자신에게 무언가 불만을 말하러 온 걸까. 등에는 식은땀이 흐르고 머릿속이 빙글빙글 돌았다.

사유는 자신의 한 마디 한 마디에 신경이 마모되는 걸 느끼며 요루카의 진의를 파헤치려 했다.

"밀크티 마시지 그래? 식겠다."

"네! 잘 먹겠습니다!"

재촉을 받은 사유는 그제야 페트병에 입을 가져갔다.

밀크티의 부드러운 단맛이 퍼지자 긴장이 아주 조금 풀어졌다.

"그렇게 굳지 마. 지난번 노래방 때보다 어색하잖아."

같은 반 학생들과도 보통 대화를 거의 나누지 않는 요루카는 키스미 말고 다른 사람과 대화하면 대체로 이런 식이다.

그래도 너무나 뻣뻣한 사유의 반응에, 이런 것이 아무리 익숙한 요루카라지만 당황했다.

어느 정도 면식이 있는 상대임에도 불구하고 자신이 이

렇게나 타인에게 압박을 가하는 존재라는 걸 알고 약간 충격을 받았다.

서로 너무 배려하는 바람에 대화가 끊어져 버렸다.

5월의 햇살 아래 벤치에서 침묵하는 두 소녀.

중앙에 있는 화단에는 네모필라와 튤립 등 봄꽃이 가득 피어 눈을 즐겁게 해주었다.

"——저기, 요루 선배! 왜 말을 거신 거예요?"

침묵을 견디지 못한 사유는 직구로 물었다.

욕설이든 질타든 각오했다. 여기에 있는 여성에게는 그럴 권리가 있다.

그리고 자신은 비난을 받아도 어쩔 수 없는 행위를, 아리사카 요루카의 남자에게 했다.

사유는 입술을 깨물면서 요루카의 답을 가만히 기다렸다.

"아니, 우연히 사유가 있길래. 대화하면 친해질 수 있을까 싶어서."

"너무 순진한 거 아니에요?!"

조금도 예상하지 못한 대답에 사유는 무심코 소리쳤다.

이 희대의 미소녀는 마음마저 아름다운 건지. 사유의 마음이 푹 꺾여버렸다. 벤치의 등받이로 쓰러질 때 손으로 쳐버리는 바람에 요루카의 토마토 주스를 성대히 흘리고 말았다.

"아아아앗?! 죄, 죄송합니다! 교복에 튀진 않았어요? 안 묻었어요?"

"안 튀었으니까 괜찮아."

"바로 새 주스 사 오겠습니다!"

땅바닥에는 붉은 웅덩이가 커져간다.

안색을 바꾼 사유는 허둥지둥 자리에서 일어났다.

"──저기, 사유. 키스미에게 고백이라도 했어?"

난데없이 핵심을 찔리자 그 자리에 못 박힌 듯 사유는 굳어버렸다.

그리고 체념하며 몸에서 힘을 빼고 다시 벤치에 앉았다.

"알고 계셨어요?"

"그냥 던졌어."

"정답이에요."

사유는 자포자기하듯 인정했다.

"만세."

"기뻐할 일이에요?"

요루카의 담백하기 짝이 없는 태도에 사유의 경계심도 독기도 흐지부지해졌다.

"으음, 본심을 다른 사람이 말해버리면 편해지거나 하지 않아? 아, 이 사람에게는 숨기지 못하겠구나, 하고. 그걸 히나카가 나에게 가르쳐줬으니까. 불쾌하다면 아무것도 안 물어볼게."

키스미에게 충동적으로 이별을 고했을 때, 궁지에 몰린 요루카를 구해준 사람이 미야우치 히나카다. 같은 사람을 좋아하고, 그럼에도 용기를 북돋워 준 은인.

요루카도 그런 식으로 누군가의 힘이 되고 싶었다.

"……그럼 참회해도 돼요?"

"거창하네."

"아무튼 들어주세요."

사유는 굳게 결심하고 입을 열었다.

"요루 선배의 아침 귀가 소문, 제가 흘렸어요."

"응, 그건 알고 있었어."

"……네?"

이번에야말로 이해 불가.

아리사카 요루카는 분명히 '알고 있었다'고 했다.

"나는 남이 쳐다보는 걸 싫어해서 시선에 민감하거든."

"어, 언제부터요?"

"그 토요일 아침, 역에서 키스미가 배웅해줬을 때."

"처음부터잖아요?!"

"아, 누군가가 계속 쳐다보고 있구나, 했지. 하지만 그때는 나도 키스미와 마찬가지로 들떠있어서 드물게도 신경 쓰이지 않았으니까."

"사랑의 힘은 위대하네요, 참."

사유는 무심코 신음했다.

"두 번째는 학생 지도실에서 나왔을 때. 뭔가 복도에서 기시감이 느껴지는 시선이 꽂히고 있다 싶었지. 그때는 언제 느낀 시선인지까지는 떠올리지 못했지만."

"확실히 몰래 키이 선배를 기다리고 있었어요."

그 시점에서 눈치채고 있었을 줄은 몰랐다.

"그 시선의 주인이 사유라는 걸 알게 된 건 노래방에서 만난 뒤였는데."

"저 그렇게 노골적이었어요?"

"키스미를 좋아한다는 감정과 비슷하게 나를 미워하는 감정도 새고 있었거든."

요루카는 그때를 회상하며 웃어버렸다.

"요루 선배, 너무 민감해요."

이런 아리사카 요루카의 섬세함을 고려하면 어마어마하게 살기 불편했을 것이다.

"네가 키스미를 보는 눈은 나와 같았어. 그래서 이 아이는 그를 좋아한다는 걸 바로 알았지."

"키이 선배를 좋아하는 것도 소문을 퍼트렸다는 것도 다 간파했으면서, 제가 가까이 있는 걸 묵인하다니……."

"그야, 키스미도 널 마음에 들어 하니까."

그 말이 사유의 약해진 마음을 한층 아프게 했다.

과거에 사로잡힌 사유와 달리, 요루카는 현재와 미래밖에 보지 않는다.

"요루 선배에겐 저를 비난할 권리가 있어요. 왜 아무 말도 하지 않는 거예요?"

"범인 찾기엔 관심 없어. 게다가 키스미가 힘들어하고."

요루카는 흔들리지 않는다.

애초에 주위에 관심이 없는 데다, 요루카 안에서는 이미 끝나버린 일을 헤집는 것은 귀찮을 뿐이다.

그저 세나 키스미에게 폐가 되지 않는다면 그걸로 충분하다.

"화가 나지 않아요? 밉지 않아요? 어마어마한 민폐를 끼쳤잖아요. 어쩌면 헤어졌을지도 모른다고요."

"하지만 키스미가 해결해주었으니까."

"――――."

정말로, 격이 너무 다르다.

보기 드문 미모로 인해 사람들의 이목을 집중시키는 이 소녀는, 그저 사랑하는 사람을 향한 신뢰만으로 간단히 마음의 균형을 잡아버렸다.

그녀는 진심이다.

여기저기에 널리고 깔린, 청춘의 한 페이지로서 끝나버릴 법한 풋풋한 연애가 아니다.

꿈도 망상도 아니고, 현실의 연애로서 미래까지 내다보고 있다.

"게다가 지금은 연인 선언도 나쁘지 않은 것 같아."

요루카는 쑥스러운 듯 그렇게 인정했다.

"연인으로서는, 좋아하는 사람에게서 특별대우를 받는 건 나쁜 기분이 아닐 테죠."

사유는 몸에 들어갔던 힘이 빠지는 걸 느꼈다. 맞장구를

치는 말도 가벼워졌다.

"역시, 그런 법이겠지! 처음에는 대체 뭐냐고 당황했지만, 그렇게 주위 사람들에게 말하는 것으로 지켜주는 거다 싶어."

"그야 시시한 독점욕이라면 논외지만, 그 키이 선배니까요. 어지간히 용기가 필요했지 않았을까요."

"응. 그러니까 지금은 기뻐."

"요루 선배는 진심으로 키이 선배를 좋아하는군요."

"좋아해."

그 아리사카 요루카의 사랑에 빠진 얼굴을 봐 버렸으니 사유는 완전히 경쟁심을 잃어버렸다.

이 아름다운 사람은 자신이 좋아하는 남자를 의심의 여지 없이 사랑한다.

완패다.

사유는 그제야 인정할 수 있었다.

이 긴 짝사랑을 간신히 끝낼 수 있다.

이뤄지지 않았던 사랑의 꿈에서 깨어나자, 사유의 두 눈에서는 굵직한 눈물이 흘러내렸다.

"으, 흑, 으아아아아아아아아아아아아아앙————!!"

전신으로 소리치듯이 오열하고, 눈물이 끊임없이 쏟아진다.

아무리 소리를 내도, 눈물을 흘려도, 마음의 아픔은 사라지지 않는다.

좋아했다.

계속 좋아했다.

그를 생각하기만 해도 가슴이 설렜다. 사소한 대화에 기쁨을 느꼈다. 매일 아침 성실하게 데리러 와 주는 게 특별하게 느껴졌다. 단둘이 걷는 아침 통학로, 학교까지 더 멀리 돌아가고 싶었다. 연습 도중 별 뜻 없는 격려가 큰 힘이 되었다. 시합 중, 지쳤어도 그의 응원에 기운을 낼 수 있었다. 하굣길에 다른 길로 새는 게 즐거웠다. 푸념을 진지하게 들어줘서 기뻤다. 공부를 배우는 척하면서 같이 있고 싶었다. 더, 더, 더──.

"나도 키이 선배의 특별한 사람이 되고 싶었어. 하지만 키이 선배의 친절은 나에게만 특별한 게 아니라……. 그런데, 요루 선배에게 보이는 친절은 달랐어요. 완전히 달랐어."

"응."

"게다가 요루 선배는 미인인데 좀 좋은 사람이고."

코를 훌쩍이면서도 사유는 그런 소리까지 했다.

"사유와는 같은 사람을 좋아하니까."

"해외여행에 다녀오는 틈을 노리고 고백하는 후배라고요. 보통은 싫어하는데."

"내가 없는 곳에서 키스미가 고백받는 건 익숙해."

요루카는 키스미가 인기 있는 건 어쩔 수 없다는 양 투덜거렸다.

"네?! 누구에게서요?!"

"하세쿠라와 히나카."

　"미야우치 선배마저?! 어, 말도 안 돼. 키이 선배, 노래방에서 그렇게 태연할 수 있었던 건데요! 요루 선배와 사귀면서 머리가 맛이 갔나? 세나회 같은 거나 만들고!"

　무슨 의미냐고 못마땅한 표정이 되는 요루카.

　"차였는데 같이 있다니……."

　충격적인 사실을 듣고 눈물도 쏙 들어갔다.

　새빨개진 눈을 동그랗게 뜨고는 그 노래방이 얼마나 특수한 구성원으로 이뤄졌는지 이제 와서 알게 되었다.

　"그러니까, 키스미를 좋아하는 후배가 새삼 한 명 늘어나봤자 나는 신경 안 써."

　"우와. 애인의 여유."

　"딱히 여유 같은 건 없어."

　"그렇게는 안 보이는데요."

　비꼬는 것도 뭣도 아닌, 사유의 솔직한 감상이다.

　"아마도, 키스미에게라면 배신당해도 괜찮다고 생각하니까."

　요루카는 먼 곳을 바라보면서 그런 말을 입에 담았다.

　"……그거, 반드시 배신당하지 않으니까 할 수 있는 말이잖아요."

　그런 궁극적인 애인 자랑을 천연덕스럽게 뱉어버리니, 약탈을 노리던 자신이 갑자기 우스꽝스럽게 느껴진 사유는 웃을 수밖에 없었다.

그 메시지를 본 것은 오후 홈룸을 마친 직후였다.

요루카 : 지금 유키나미와 안뜰에 있어.

홈룸 끝나면 키스미도 와.

"……어?"

나는 메시지의 의미를 바로는 이해하지 못하고 얼어버렸다.

요루카가 지금 학교에 있다고? 심지어 사유와 같이 있어? 어? 아니 그보다, 귀국했었어?

"왜?"

나는 가방을 들고 복도로 뛰쳐나왔다. 안뜰로 난 창문에 달라붙었다.

자동판매기 근처에 있는 벤치에 앉은 두 사람이 보였다.

"어떻게 된 거야?"

나는 아무튼 안뜰로 서둘렀다.

계단을 달려 내려갔다. 1층에 도착해 교사를 이어주는 연결 복도를 통해 실내화를 신은 채로 안뜰로 나왔다.

두 사람이 있는 벤치까지 전력 질주다.

"늦었잖아."

요루카는 내 얼굴을 보자마자 얼굴을 찌푸렸다.

"비행기가 밀렸다며. 영락없이 학교 쉬는 줄 알았는데."

"그러려고 했어."

퉁명스러운 태도로 요루카가 나를 노려보았다.

"그럼 왜? 오래 비행하느라 피곤할 거 아냐. 잠도 부족해 보이고."

요루카의 얼굴을 보면 평소보다 기운이 없다는 걸 알 수 있었다.

요루카가 '그런 건 금방 눈치채는 주제에' 하고 작게 투덜거렸다.

"요루카?"

"어제 라인을 읽었으면서 답장이 없으니까 그렇지! 걱정돼서 온 거야!"

"⋯⋯─, 아."

역시 읽씹은 좋지 않다.

옥상에서의 사건으로 완전히 소모된 나는 메시지를 열어보기만 했고, 답장하는 걸 완전히 잊어버렸다.

사유와 이렇게까지 꼬여버린 것도 원인을 따져보면 내가 답장을 잊었기 때문이다.

앞으로는 조심해야지. 그렇게 결심하자마자 똑같은 실수를 하다니, 나도 참 경솔하다.

"미안해, 요루카. 나는."

"키스미가 충격을 받았었다는 것 정도는 알아. 그러니까 먼저, 이쪽부터."

요루카는 계속 말이 없는 사유를 눈으로 가리켰다.

그래.

아리사카 요루카는 이런 사람이다.

이별 라인에 내가 답장하지 않았을 때도, 마지막에는 그녀 쪽에서 말하러 와 주었다.

이번에도 마찬가지다. 내가 위기일 때는 반드시 옆에 있어 준다.

내 대답이 없는 걸 보고 무슨 일이 일어났다는 걸 알아차렸다.

설령 귀국한 직후라고 해도 불안해지면 달려온다.

"고마──, 윽?!"

나는 문득 발치의 붉은 웅덩이를 보고는 얼굴이 딱딱해졌다.

"토, 토마토 주스를 흘린 것뿐이야. 아무 짓도 안 했어! 싸움도!"

"딱히 의심한 적 없어."

"뭐, 아무튼 오늘은 오길 잘한 모양이니까."

요루카는 상황을 이해하고 있는 듯, 그 이상 아무 말도 하지 않았다

그저 나를 믿고 잘 수습하라는 양 지켜볼 뿐이다.

나는 가만히 굳어서 움직이지 않는 사유의 정면에 섰다.

"사유."

"키이 선배."

몸이 뻣뻣해진 사유는 나를 힐끗 보고는 바로 고개를 푹 숙였다.

"얼굴, 너무 보지 마세요. 아까 실컷 울어서 화장도 엉망이 됐거든요."

"사유를 그렇게 괴롭게 한 건 역시 내 책임이야. 작년 은퇴 시합에 내가 갔었다면 이렇게까지 오래 끌지 않았을 텐데. 그러니까 한 번 더 제대로 사과하게 해줘. 미안해."

나는 머리를 숙였다.

"하, 하지 마세요. 그렇지 않아도 두 사람에게 폐를 끼쳤는데, 거기에 또 사과를 받으면 저도 어떻게 해야 할지 모르겠다고요."

"그래서 사유에게 부탁이 있어!"

"부탁, 이요……?"

사유는 두려워하면서 내 말을 기다렸다.

"화해하고 싶어. 한 번 더, 사유와 편하게 대화할 수 있는 관계로 돌아가고 싶어."

"_____."

"나는 사유를 잊고 싶지 않아. 싫어하는 게 아니라, 앞으로도 또 선후배가 되고 싶어."

"이런 저를 용서해주시는 거예요?"

"그 소문이 나에게 각오하게 해줬으니까. 덕분에 요루카와의 관계가 깊어졌어."

전화위복이라고 해야 할까, 의도치 않게 내 등을 밀어준 게 사유였다는 것도 신기한 인연일 것이다.

"그, 그렇다고 해도 너무 긍정적으로 받아들이는 거잖아요. 뭐야 그거. 징그러워."

사유는 전율하듯이 벤치의 구석까지 물러났다.

"이건 내 일방적인 희망 사항이야. 사유에게 강요할 생각은 없어. 싫다면 이번에야말로 포기할게."

"뿌우! 그렇게 저를 시험하지 마세요!"

사유는 벤치의 팔걸이에 몸을 기대고 거리를 두려 하면서도 이 자리에서 도망치지는 않았다.

"사유가 원하는 대로 해도 돼. 내가 황당무계한 소릴 하고 있다는 건 알아."

"그러니까, 키이 선배의 사정은 상관없고요! 지금 그런 건, 그, 제가 문제인 거라서……."

사유는 복잡한 표정을 지으며 말을 끊었다. 자신이 어떻게 해야 할지 가늠이 가지 않는 모양이었다.

"──스스로를 용서할 수 없는 거라면 내가 벌을 줄게."

"요루카……."

"내 연인을 유혹했는걸. 그 정도는 괜찮지?"

키스미는 가만히 있으라고, 요루카의 눈이 그렇게 지시했다.

"좋아요. 말해주세요, 요루 선배."

"응. 아주 가혹할 거야. 상당히 힘들겠지. 듣지 않고 도망치는 게 편할지도 몰라. 하지만 들은 이상 사유는 명령에 따라줘야겠어."

"네."

"――키스미와 화해해. 그게 벌이야."

요루카는 천연덕스럽게 나와 똑같은 요구를 들이댔다.
"두, 둘 다 저에게 너무 무르다고요!"
"그래? 키스미는 어떻게 생각해? 나는 이거 말고 다른 방법으로 용서할 마음이 없는데."
"아니, 오히려 상당히 잔인한 소릴 했다고 봐."
나도 호들갑을 떨면서 맞췄다.
"……정말, 사실은 닮은꼴이네요. 키이 선배와 요루 선배."
사유는 나와 요루카를 번갈아 보고는 떨리는 입술로 필사적으로 허세를 부렸다.
"선배에게 또 사정없이 어리광부릴 거예요."
"마음대로 해. 귀염성 없는 후배를 귀여워하는 건 익숙하거든."
"뿌우!"
사유는 조금 못마땅해하면서도, 마지막에는 가까스로 웃었다.
"나는 네 선배로 있고 싶어. 거짓말쟁이여도 너는 여전히 내 귀여운 후배야."
"……치사해. 저랑 키이 선배의 인연은 이렇게까지 해도 망가트릴 수 없는 거군요. 심지어 요루 선배하고도 이어져 버렸으니, 더는 도망칠 수 없잖아요."

사유는 나와 요루카의 혹독한 희망사항을 받아들였다.
그리고는 이 이상 할 말은 없다는 양 힘차게 일어났다.
"키이 선배. 마지막으로 질문해도 돼요?"
"뭔데?"
"만약 작년 여름에 제가 고백했다면 OK 해줬어요?"
빨개진 눈으로 나를 가만히 바라본다.
"그때는 이미 요루카를 좋아했어. 그러니까 답은 지금과 달라지지 않아."
나는 단호하게 대답했다.
"뿌우! 진짜, 둘 다 너무 닭살!"
사유는 이제 울지 않았다.
"자, 자! 이제 가자! 그럼 안녕, 사유."
요루카는 내 한마디에 부끄러워진 건지 서둘러 떠나려고 했다.
"어? 요루카, 너무 급한 거 아니야? 사유, 또 봐!"
"네, 또 봐요. 키이 선배."
사유는 조금 쓸쓸한 얼굴로 우리를 배웅했다.
그리고 요루카는 부끄러움을 숨기듯 내 팔을 잡아끌며 교사로 데려갔다.
"어디 가는 거야?"
"미술 준비실. 읽씹했던 거, 제대로 설명해줘."
"어, 용서한 거 아니었어?"
"안 돼. 재발 방지책도 짜야지."

"너무 가혹하게 하진 말아줘."

"연인을 불안하게 만드는 게 취미야?"

지나가는 학생들은 마주치는 족족 놀라면서 우리를 쳐다봤다.

이렇게 밀착해 있으면 평범한 커플이어도 눈길을 끈다.

"괜찮아? 다들 보는데."

"이게 마음이 편하니까 괜찮아. 오랜만이잖아."

요루카는 새빨개진 얼굴을 숨기려는 듯 내 팔을 끌어안고 몸을 바짝 붙였다.

"……어서 와, 요루카. 보고 싶었어."

"다녀왔어. 나도. 키스미."

◇ ◇ ◇

두 사람의 등이 보이지 않게 되자, 교대하듯이 하세쿠라 아사키와 미야우치 히나카가 달려왔다.

"어, 이 새빨간 웅덩이는……?"

"정말 피바다가 펼쳐진 거야? 보건실 갈래? 혼자 걸을 수 있어?"

아사키와 히나카가 유독 당황하는 게 사유는 우스꽝스러웠다.

"토마토 주스니까 괜찮아요. ……혹시 보셨어요?"

"뭔가 안뜰 쪽에 유독 사람이 모여있다 싶어서 봤더니

253

셋이 있길래."

"그 전에 스미스미가 허둥지둥 교실을 뛰쳐나갔기도 했고."

아사키와 히나카가 민망한 듯 시선을 맞췄다.

"걱정 끼쳤네요. 무사히 차여서, 경사스럽게 두 분의 동료가 되었습니다!"

사유는 쾌활하게 실연을 보고했다.

"왜 기뻐 보이는 거야?"

"그게 발랄하게 할 말인가?"

예상외로 후련해 보이는 사유를 보고 두 사람이 더 반응하기 난감해졌다.

"키이 선배와 요루 선배에게 참회해서 용서받았거든요. 게다가 제가 정말로 바랐던 건 잊히지 않는 것이라는 걸 깨달았어요."

세나 키스미를 향한 사랑은 너무 가까웠다.

하지만 학년이 다르고, 부활동 은퇴, 수험, 졸업, 온갖 타이밍에서 두 사람의 거리는 벌어졌다.

딱히 드물지도 않은, 흔해 빠진 계기.

편안했던 나날이 멀어지고 혼자가 된 외로움과 숨겨뒀던 연심이 뒤섞여서 그 시절보다 한층 강하게 원하게 되었다.

용기를 내서 고백하려고 결심한 날, 그는 나타나지 않았다.

그렇게 친했는데. 자신이라는 존재를 잊어버린 게 아닌지 공포가 피어났다.

필사적으로 쫓아가 간신히 따라잡았을 때는 자신이 아

닌 여성이 그의 곁에 있었다.

그리고 결사적인 마음으로 고백한 끝에 그와 그녀는 유키나미 사유가 가까이 있는 걸 원해 주었다.

"마음이 정리되었다면 다행이야."

아사키는 가슴을 쓸어내렸다.

"어쩐지 한 꺼풀 벗은 느낌이네."

히나카는 사유의 등을 가볍게 툭툭 두드리며 격려했다.

"감사, 합니다."

불현듯 찾아온 침묵.

"그럼, 이 실연 동맹 셋이서 기분전환이라도 하러 갈래?"

히나카가 밝은 목소리로 제안했다.

"그 이름 너무 칙칙하지 않아? 히나카. 심지어 세나회 내부에 실연 동맹이라니."

아사키는 쓴웃음을 지으면서 완곡하게 반대했다.

"저는 상관없는데요. 하지만——아사 선배는 아직이죠?"

"어? 나만 열외로 하는 거야? 왜?"

아사키의 농담 섞인 반응에 사유는 진지한 표정으로 대답했다.

"그야 다음은 아사 선배 차례잖아요."

"내가?"

"아직 키이 선배를 좋아하잖아요?"

사유의 질문에 아사키는 바로 부정하지 못했다.

"자, 잠깐만! 그건 안 돼. 스미스미와 요루요루를 방해하는 건 넘어가 줄 수 없습니다!"

히나카는 즉시 끼어들었다.

"유키나미, 괜히 부추겨서 아사키를 난감하게 만들지 마."

"그럴 순 없어요, 미야우치 선배. 아사 선배는 마음속 깊은 곳에서는 아직 포기 못 했잖아요. 제가 그랬으니까 잘 알아요."

"갓 실연한 후배가 미쳐 날뛰고 있습니다!"

"저는 이제 냉정해요. 냉정하니까 그렇게 생각한 거예요."

히나카는 대화의 흐름을 바꾸려고 얼버무리면서도 내심 사유의 의견에 수긍하고 있었다.

사유의 곧은 시선을 받고 침묵하던 아사키가 가까스로 입을 열었다.

"……응, 그럴지도. 미안, 히나카. 실연 동맹은 사양할게."

사유의 말에 아사키는 정리가 되지 못한 자신의 감정과 한 번 더 마주 보기로 결심했다.

하세쿠라 아사키의 사랑은 아직 끝나지 않았다.

미술 준비실에서 단둘이 있는 게 무척 오랜만인 느낌이다.

고작 일주일이 조금 넘는 골든 위크 기간 동안 비웠을 뿐인데, 나는 묘하게 신선한 기분으로 익숙한 실내를 바라보았다.

"아, 목말라. 가끔은 키스미가 마실 거 타 줘. 오늘은 녹차가 좋겠어."

요루카는 늘 앉는 자리인 의자에 앉았다.

여느 때는 커피나 홍차지만, 계속 해외에 있었기 때문에 녹차가 그리운 모양이다.

"알았어."

나는 전기 포트에서 물이 끓는 걸 기다리는 동안 비축해 둔 과자 중 간장 맛 센베를 꺼냈다.

"언제 일본에 도착한 거야?"

"오늘 낮에. 진짜, 저쪽에서 출발했을 때는 바람이 아주 강해서 비행기가 제트코스터처럼 자꾸만 오르내리는 통에 무서웠지 뭐야. 계속 시트에 매달렸어."

"고생했네."

"기내에서도 별로 자지 못했고, 온몸이 뻑뻑해."

"녹차 마신 뒤에는 어깨라도 주물러드릴까요?"

"좋은데. 잘 부탁해."

차를 타고 찻잔과 센베를 요루카 앞에 놓았다.

이것으로 훌륭한 간식 타임이다.

"어라? 키스미는 커피네. 다른 걸로 탔구나."

나는 여느 때처럼 블랙커피를 마셨다.

"녹차는 점심에 맛있는 걸 마셨으니까."

"……어디서 마셨어?"

"어? 칸자키 선생님과 상담하느라 다도부 다실에서 언

어마, 셨──."

대답하는 도중에 목이 얼어붙었다.

칸자키 선생님은 요루카의 천적이다.

아니나 다를까, 요루카는 토라졌다. 수면 부족 때문이기도 한 건지 평소의 3할은 더 눈매가 사납다.

"키스미, 또 그 교사에게 갔구나! 왜!"

"선생님에게 직접 확인해야만 하는 일이 있었거든."

"그렇다는 건 둘만 만난 거네! 그렇지?"

요루카가 몰아세웠다. 질투 레이더의 감도가 아주 민감하다.

"왜 그렇게 날카로운 거야."

"방심했어. 더 일찍 와야 했는데."

"그 시간은 아직 공항이었을걸."

"으~~~, 제트기를 전세 낼걸."

"아리사카가는 그렇게 돈이 많아?!"

"악천후가 미워!"

농담인지 진심인지, 정말로 구분이 가지 않았다.

"요루카는 왜 칸자키 선생님을 그렇게 과하게 적대하는 거야?"

"아무튼, 그 교사는 안 돼! 안 되는 건 안 돼!"

"사유조차 용서했으면서, 전혀 모르겠네……."

요루카가 대항심을 불태우는 이유를 전혀 알 수 없어서 물어보았다.

애초에 요루카는 남에게 관심이 없다. 그런 그녀가 적의를 품고 이렇게까지 집착한다는 건 어지간한 이유일 것이다.

노래방 때도 아사키가 온다는 걸 알자마자 참가하기로 했다.

좋고 싫음이 무척 극단적이다 싶다.

작년에도 나와 요루카는 칸자키 선생님의 반에서 1년을 보냈다.

요루카와 칸자키 선생님 사이에 문제가 있었냐 아니냐 이전에, 애초에 이 두 사람이 대화하는 걸 본 기억이 없다.

그렇다면 입학하기 전부터 두 사람 사이에 악연이라도 있었나.

"요루카, 선생님과 옛날에 무슨 일 있었어?"

"내가 아니야."

"그럼 언니?"

나는 바로 답을 알아차렸다.

요루카는 침묵으로 긍정했다.

"좋은 기회니까 가르쳐주지 않을래? 학급 임원인 나는 아무래도 선생님과 대화하지 않을 수 없거든."

"……언니는 여기에 들어간 뒤로 변했어. 그 교사 때문에."

"언니바라기냐."

얼마나 심각한 사정인가 했는데, 언니 사랑맨이었냐고.

"아니야!"

"하지만 그 변해버린 언니가 싫은 건 아니잖아?"

예의 소문 때도 언니는 칸자키 선생님과 협력해서 동생인 요루카를 도와주었다.

"그렇긴 한데······."

"아하, 그렇다면 자신이 아는 언니가 아니게 된 게 충격이었다거나? 그래서 칸자키 선생님을 원수로 여기는 거지?"

"어떻게 해야 그런 식으로 해석하는 건데."

완고하게 인정하지 않는 요루카.

이 녀석은 아무래도 중증이다.

경애하는 언니를 급변시킨 불구대천의 원수, 그 제자로서 고교생활을 보내게 된다면 기분이 나쁠 만도 하지.

"좋은 선생님이야. 그렇게까지 경계할 필요 없어."

오늘도 칸자키 선생님의 조언이 없었다면 사유에게 솔직하게 화해하자고 말하지 못했을 것이다.

"키스미마저 편드는 거야?"

요루카는 분노했다.

"애초에 적도 아군도 아니니까."

"아무튼 키스미도, 그 교사에게서 악영향을 받으면 안 돼."

요루카는 그렇게 말하며 이 화제를 끝냈다.

고작 3년, 그래도 3년.

10대의 청소년이 성장하기에는 충분한 시간이다.

언니가 변하는 계기가 우연히 칸자키 선생님이었던 것뿐이겠지.

애초에 요루카가 추측하는 것 같은 일이 있었다면, 졸업한 뒤에도 칸자키 선생님과 교류할 리가 없다. 언니는 강제로 바뀐 게 아니라 본인의 의사로 새로운 자신이 된 거다.

나는 그렇게 생각한다.

연인의 심기가 풀어진 것을 가늠하며 나는 의자 앞에 스툴을 놓았다.

요루카가 스툴에 앉자 뒤에 있는 내가 어깨를 마사지했다.

여린 두 어깨에 살며시 손을 올렸다. 확실히 뭉쳐있었다.

"끅———."

내가 주무르기 시작하자 요루카는 신음을 흘렸다.

"괜찮아?"

"아프면서 좋은데, 간지러워."

"많이 굳었어."

"하지만 키스미, 마사지 잘하네."

요루카는 몸을 이리저리 꿈틀거리면서도 형언할 수 없는 자극을 가까스로 버티고 있다.

"다음은 등으로 간다."

나는 손가락을 어깨에서 등으로 이동시켰다.

"아, 윽———."

"이쪽도 꽤 심한데."

목에서 등, 이어서 허리까지 내려가듯이 주물러갔다.

"그럼 다음은……."

"충분해! 다 풀렸어!"

"그래, 움직이지 마."

돌아보려고 하는 요루카를 휙 앞으로 돌렸다.

"이제 괜찮다니까. 키스미, 고마——."

나는 요루카를 뒤에서 끌어안았다.

"어?! 어, 어어?"

그대로 그녀의 목덜미에 코를 가져갔다.

"키, 키스미?"

"——고맙다고 해야 할 사람은 나야."

요루카를 품 안에 폭 감싸고 놓지 않았다.

미약하게 저항하려고 하던 요루카는 바로 몸에서 힘을 빼고 나에게 기댔다.

"키스미 쪽에서 껴안다니 별일이네. 이건 뭐에 대한 보상이야?"

"해외에 간 연인을 한결같은 마음으로 기다린 거."

"고작 일주일 정도잖아."

"나에게는 봄방학에 필적할 만큼 힘들었어."

"출발 전에 보충했는데."

"그런 걸로는 부족해."

"키스미는 어리광쟁이구나."

"좋아하는 사람을 원하는 게 뭐가 나빠. 요루카 결핍증 말기 환자라고."

"그거, 내가 없으면 죽어버리잖아."

"죽지."

"그래. 나도 보고 싶었어."

요루카는 손을 뻗어서 떼를 쓰는 어린아이를 달래듯이 내 머리카락을 쓰다듬었다.

그대로 상대방의 체온에 잠기듯이 끌어안고 있었더니, 이윽고 새근새근 숨소리가 들리기 시작했다.

"졸린 걸 참고 있었던 거겠지."

긴 여행의 피로와 시차도 있을 것이다.

요루카는 안심하며 나에게 자는 얼굴을 보여주고 있다.

그게 무엇보다 기뻤다.

나는 잠든 요루카를 끌어안은 채 미술 준비실 안으로 들어오는 오렌지색 햇빛이 사라지는 걸 조용히 지켜보았다.

어둑해진 뒤로 얼마나 지났을까. 조심스러운 노크 소리가 울렸다.

잠시 기다린 뒤 문이 열렸다.

들어온 사람은 칸자키 선생님이었다.

나는 놀라서 몸을 크게 움직일 뻔했다. 무심코 요루카를 깨우진 않았을지 걱정이 되었다.

"괜찮습니다. 깰 테니까요."

요루카가 자고 있다는 걸 알아차린 선생님은 나에게 가만히 있으라고 손짓했다.

"용케 여기 있다는 걸 아셨네요."

나도 목소리를 죽여서 말했다.

"그녀의 언니에게서 귀국 보고와 함께 아리사카 학생이 학교에 갔다는 연락을 받았습니다. 설마 했는데, 정말로 있을 줄이야……."

선생님은 석고상이 나란히 놓인 책상에 가볍게 체중을 기댔다.

"아리사카 학생은 이제 자신이 원하는 대로 행동할 수 있군요."

선생님은 요루카의 변화를 조용히 기뻐하는 모양이었다.

마치 과거의 요루카는 자신의 의사로 움직이지 못했다는 듯한 말투가, 마음에 걸렸다.

"저기, 혼내지는 말아주세요."

나는 우등생이면서도 칸자키 선생님에게는 빈정거리는 태도를 보이는 요루카를 옹호했다.

"여기는 그녀를 위해 제가 준 공간입니다. 수업이 끝났을 때 남자친구를 보고 싶어서 등교하다니, 설교하는 제가 더 민망해지겠죠."

어둑한 실내에서도 선생님은 눈이 부시다는 듯 눈을 가늘게 떴다.

"선생님은 졸업한 뒤에도 요루카의 언니와 사이가 좋으시네요."

"……아리사카 학생의 언니와는 사제 관계지만, 단순히 사람 대 사람으로서도 마음이 잘 맞습니다. 저도 갓 부임한 신입 교사였고 그녀의 언니는 학급 임원이었죠. 만날 기회도 많았고, 어느새 질긴 인연이 된 셈입니다."

요루카에게서 들은 이야기로는 1학년 때부터 학생회장을 할 만큼 인기인이었다고 한다. 나이가 많은 선생님들도 좋게 평가하는 유명한 졸업생으로, 그 은혜를 현역인 우리도 받고 있다.

칸자키 선생님에게도 추억이 많은 학생 중 한 명이겠지.

"요루카가 선생님을 경계하는 건 아무래도 언니가 원인인가 봅니다."

"어떤 이야기를 들으셨죠?"

"선생님이 상상하시는 대로?"

조금 전에 들은 요루카의 말은 공격적이었기 때문에, 말로 설명하는 건 자중했다.

"저는 그녀에겐 악역이니까요."

선생님은 웃었다.

"하지만 진상은 다르죠?"

나는 요루카의 여린 어깨를 살며시 쓰다듬었다.

"아리사카 학생에게 언니는 늘 목표였습니다. 어릴 때부터 언니처럼 되고 싶다고 열심히 따라 했었다고 해요."

과거형으로 이야기되는 아리사카 자매의 관계.

그 열쇠를 쥔 사람이 우리의 담임인 칸자키 시즈루였다.

"동생이 친애하는 언니를 따라 하다니, 귀여운 에피소드잖아요."

"아무리 친한 자매라고 해도 성격이나 적성은 다릅니다.

아리사카 학생의 언니는 행동력의 집약체 같은 밝은 아이 였죠. 학생회장으로도 뽑히고, 교복을 리뉴얼할 때 학교 안내 팸플릿에서 모델을 하기도 했습니다."

"그 전설의 모델이 요루카의 언니였어요?!"

"지금 재학생들이 입학하기 전에는 졸업했으니까, 모르 는 것도 이상하지 않죠."

충격! 수험 문턱을 훌쩍 올려놓은 미소녀 모델의 정체는 내 연인의 언니였다.

"아리사카 학생도 화려함으로는 언니에게 지지 않지만, 이 아이는 본질적으로 좀 더 섬세하고 정적입니다."

"대조적인 자매군요."

아리사카 학생의 언니는 성격이 다른 동생이 자신을 따 라 하는 걸 걱정했습니다. 응원은 하고 싶지만 무리하는 동생을 보는 게 괴롭다고, 어떻게 대해야 할지 모르겠다 고, 아무리 말을 해도 들어주지 않는다고. 그렇게 답답해 하며 제게 상담했죠.

언니의 마음을 동생은 모른다.

이상향이었던 언니가 마음속에 그런 고민을 품고 있었 다는 건 요루카도 몰랐을 것이다.

"──그렇다면 언니에게 실망하면 다른 방향을 모색하 지 않을까?"

"네?"

"당시 저는 이런저런 이야기를 듣고, 최종적으로 그런

조언을 했습니다. 그건 아리사카 학생의 언니 본인에게는 긍정적으로 발휘되었죠. 하지만──."

"요루카는 어떻게 해야 할지 알 수 없어져서 미아가 되어버렸다?"

그제야 칸자키 선생님이 입학 당시부터 요루카를 계속 염려했던 이유를 알았다.

선생님의 조언으로 인해 이상이었던 언니가 변했다.

하지만 정작 요루카는 이정표가 사라진 것처럼, 목표로 해야 할 미래의 자신의 모습을 잃고 말았다.

칸자키 선생님은 그 점에 책임감을 느끼는 것이다.

"아리사카 학생도 자신을 잘 이해해주는 상대를 만나서 다행입니다."

흐릿한 어둠 속에 비치는 선생님의 하얀 옆얼굴에는 반성의 기색이 묻어났다.

선생님은 요루카의 언니에게는 좋은 이해자였다.

다만, 그게 요루카에게는 그렇지 않았을 뿐이다.

"──교사라고 그렇게 모든 사람을 인도할 수 있는 초인이 아니잖아요? 이런 말은 좀 그렇게 들리겠지만, 저는 같은 인간에게 그렇게까지 기대하지 않습니다."

내 기탄없는 의견에 선생님은 눈을 크게 떴다.

이 선생님도 상당히 고지식한 부류다.

학생 한 명 한 명을 돌보는 것만으로도 고생인데, 그 가족까지 도우려 하다니 너무나도 어렵다.

하물며 신입 교사 시절의 일을 지금도 신경 쓰고 있다.

선생님 혼자서 모두 다 짊어지는 건 좋지 않다.

"괜찮아요, 선생님. 지금은 제가 있으니까요."

나는 밝은 목소리로 선언했다.

이 품에 있는 여자아이는 내가 반드시 지키겠다.

"……정말로, 제 예상을 가장 크게 벗어나는 건 틀림없이 당신이에요. 세나 학생."

선생님은 책상에서 엉덩이를 뗐다.

"말해두지만, 그 아이를 소중히 여기는 건 세나 학생만이 아닙니다. 아직도 동생에게서 졸업하지 못한 과보호 언니는 무슨 일이 있을 때마다 저에게 상담을 청하고, 저에게도 그녀는 소중한 제자예요."

그렇게 말하고는 선생님은 긴 검은 머리카락을 휘날리며 문으로 향했다.

"학교에서 밤을 새우는 건 반드시 피해 주세요. 슬슬 교문이 닫힐 겁니다."

"알겠습니다. 선생님이 돌아가시면 깨울게요."

"좋아요."

칸자키 선생님은 자칫 놓쳐버릴 듯한 희미한 미소를 지으며 조용히 떠나갔다.

발소리와 기척이 완전히 멀어진 뒤 나는 요루카에게 말을 걸었다.

"이제 자는 척은 충분하지 않아? 요루카."

"……왜 안 거야."

요루카가 벌떡 상체를 일으켰다.

"그야 나에게 딱 붙어있었으니까."

작은 움직임도 당연히 다 전해진다.

요루카는 선생님이 온 타이밍에 이미 눈을 뜨고 있었다. 남의 기척에 민감하기 때문이다.

그리고 상대방이 칸자키 선생님이라는 걸 알아차린 순간 자는 척하기로 했다.

실내의 불도 켜지 않았으니, 선생님은 요루카가 깰 때의 작은 움직임을 놓쳐버렸다.

"그건 눈치채지 못한 척 해달라고."

"선생님이 계실 때 말하지 않은 것만으로도 충분히 배려했잖아. 그래서, 진상을 들은 감상은?"

"그보다 '괜찮아요, 선생님. 지금은 제가 있으니까요'라니, **내** 옆에 있다는 의미지?"

"? 당연하지."

"듣기에 따라서는 그 교사를 옆에서 지지해주겠다는 뜻으로도 받아들일 수 있거든! 후배 다음은 담임교사야?!"

일본어 어려워!

"잠깐, 화내는 걸로 얼버무리려고 하지 마."

노골적으로 화제를 돌리려 하는 요루카. 그렇게는 두지 않는다.

이건 요루카에게 과거를 올바르게 받아들일 좋은 기회다.

나와 사유가 관계를 수복한 것처럼, 요루카와 칸자키 선생님도 제대로 다가갈 수 있길 바란다.

둘이서 미술 준비실을 나왔다.

어두운 복도를 나란히 걸으며 요루카가 툭 중얼거렸다.

"……순순히 수긍하기는, 어려워."

"그야 그렇겠지."

요루카가 자란 아리사카 가는 다들 하이스펙에 사교적.

그런 가운데 내향적인 성격으로 태어난 요루카는 언니를 흉내 내는 것으로 필사적으로 따라잡으려 했다.

언니 입장에서는 억지로 애쓰는 동생이 안쓰러웠겠지.

기울인 마음이 클수록 포기하는 건 어렵다.

언니의 변화로 인해 요루카는 본보기를 상실했고, 억지로 자기 자신과 마주 보게 되었다.

요루카 본인도 뭘 하고 싶은 건지 알 수 없는 채 고민하고 고통스러워했던 건 사실이다.

"수긍할 수 있을 때까지 생각하는 것도, 잊는 것도 요루카의 자유야. 과거는 바꿀 수 없으니까."

"오늘의 키스미는 특히 실감이 담겨 있네."

요루카는 심술궂게 웃었다.

"뭐, 요루카가 과거를 바꿀 수 있다면 아마 여기에 입학하지 않았을 거 아냐?"

"응. 언니가 다닌 학교니까 수험을 쳤을 뿐인걸. 적극적인 이유는 확실히 없어."

"그럼 나와 요루카는 만나지 못했어."

나는 절실한 기분으로 읊조렸다.

만남은 선택할 수 없다.

그렇기에 나는 요루카가 상처받은 부분까지 사랑해주고 싶었다.

맞잡은 손의 온기도 가슴을 태우는 사랑의 열정도 환상이 아니라는 게 무엇보다도 존엄하고 애틋하다.

"──그런 식으로 받아들일 수도 있구나."

요루카는 개운한 얼굴로, 어딘가 만족스러워 보였다.

"그래서 키스미가 좋아. 대화하는 것만으로도 내 고민이 사소하게 느껴지니까."

"그럼 다행이고."

좋아하는 사람은 늘 웃어주었으면 한다.

그렇게 해줄 수 있는 나이고 싶다고, 나는 스스로에게 맹세했다.

"저기, 키스미! 밥 먹으러 가지 않을래? 다음 휴일에 데이트하고 싶으니까, 어디에 갈지 정하고 싶은데!"

완전히 기력을 되찾은 요루카. 그건 마사지와 쪽잠 덕분만은 아닐 것이다.

연인의 멋진 제안을, 나는 당연히 거절할 리 없었다.

마침내 요루카와 하는 휴일 데이트.

나는 스마트폰의 알람보다 먼저 눈을 떴다.

복장 같은 준비는 오늘이 되기 전에 전부 끝내놓았다.

옷을 갈아입고, 아침을 먹으며 TV로 일기예보를 확인.

오늘은 온종일 맑음. 데이트하기 최고로 좋은 날이다.

"좋아, 날씨도 괜찮은 것 같네."

"저기, 키스미. 오늘은 왜 일찍 일어난 거야?"

같이 아침을 먹던 에이가 흥미진진하게 물어봤다.

"요루카와 놀러 가려고."

"좋겠다! 에이도 가고 싶어!"

"너 학원 있잖아. 빠지려고?"

"요루카와 키스미만 놀고 치사해!"

"안 치사해. 휴일에 동생을 데리고 데이트라니 무슨 벌칙이냐."

"요루카는 기뻐할걸."

동생은 단언했다. 사랑받는 어린이로서 자신감이 너무 넘치잖아.

아니 뭐, 요루카도 에이를 마음에 들어 하니까 실제로도 괜찮겠지만.

처음 하는 휴일 데이트 정도는 둘만의 즐거운 추억으로 만들고 싶다.

에이를 학원에 보낸 뒤 아침 식탁을 정리한 타이밍에 인터폰이 울렸다.

찾아온 사람은 사유였다.

"좋은 아침이요. 키이 선배."

"안녕, 사유. 무슨 일이야?"

"지난번에 여행 선물 받아서, 보답하려요. 엄마가 과자를 구워서 전해드리러 왔어요."

사유는 들고 있던 종이봉투를 건넸다. 안을 보자 세심하게 포장된 수제 쿠키였다.

"여전히 맛있어 보이는데. 고마워."

"아니에요. 키이 선배에게 받은 온천 만쥬도 맛있었어요. 잘 먹었습니다."

인사를 주고받은 후, 사유는 내 모습을 빤히 관찰했다.

"키이 선배. 요루 선배와 데이트예요? 어째 기합이 들어간 모습인데."

"뭐, 음."

"……혹시 긴장했어요?"

"그야 하지. 저기, 나 괜찮은가? 복장 같은 거 이상한 점은 없고?"

오래 알고 지낸 사이답게 훌륭하게 간파당한 나는 무심코 사유에게 패션 체크를 요청했다.

"촌스러워도 요루 선배의 코디를 받으면서 옷을 사면 되지 않아요?"

"성의가 없잖아! 조금 더 조언다운 조언은 없어?"

"뿌우! 최소한의 기준은 제대로 클리어했어요. 이 이상은 제 취향이 들어가니까 사양한 건데!"

생각지도 못하게 신경 써주고 있었다.

"그랬구나."

"다른 여자의 취향에 맞춘 옷차림으로 데이트에 오는 건, 솔직히 말해서 불쾌하거든요. 특히 요루 선배라면 분명 눈치챌 거예요."

"미안."

"걱정하지 않아도 요루 선배는 키이 선배에게 단단히 반했으니까요."

내 긴장을 풀어주듯이 사유는 합격 도장을 찍어주었다.

마치 옛날 같은 분위기의 대화다.

"그렇지."

"우와, 닭살. 아, 연인이랑 데이트. 재밌겠다!"

"사유."

"뭔데요. 상담할 거 아직 남았어요?"

"──고마워."

사유는 한순간 시선을 내렸다가, 다시 올리며 웃었다.

"데이트하자마자 실망을 줘서 차이지 마세요."

"조심할게."

"또 세나회로 모여서 놀 일이 있으면 꼭 불러주세요!"

"……저기, 진짜로 그 이름 쓸 거야? 하다못해 나나무라

회로 하지 않을래?"

"뿌우! 그러면 의미 없다고요. 키이 선배가 있으니까 그 멤버가 모일 수 있는 거예요. 설령 연애 감정이 있어도, 없어도요!"

사유가 이렇게까지 말하니 내가 고집을 부리는 것도 그림이 이상해졌다.

……뭔가 불길한 뉘앙스가 느껴지는 건 분명 착각이겠지.

관계에 이름이 붙는 건 사실은 상당히 중요한 일이다.

내세운 간판이 있다는 것만으로도 연결고리가 튼튼해진다.

나는 연인 선언으로 요루카와의 관계를 확실하게 만들었다.

마찬가지로, 학년이 다른 사유가 모일 수 있는 세나회가 있기에 인연이 강해진다.

"그럼 키이 선배, 요루 선배에게 인사 전해주세요!"

귀엽지만 귀염성 없는 후배는 그렇게 웃으며 돌아갔다.

"그럼 나도 갈까."

혼자서 근처 역까지 걸어갔다.

전철을 타고 목적지에서 가장 가까운 역에 도착. 우글우글한 인파에 삼켜지지 않도록 걸어가면서 약속 장소로 향했다.

수많은 사람 속에서, 그곳만 공동처럼 사람이 없는 공간이 만들어져 있었다.

그 중앙에 서 있는 극상의 미소녀.

아리사카 요루카는 이미 기다리고 있었다.

학교 밖에서 보는 요루카에 나는 신선한 기분을 느꼈다.

사복 모습도 처음 보지만, 무척 잘 어울렸다.

주위를 오가는 사람들도 남녀불문 요루카에게 시선이 빨려 들어가는 모양이었다.

막상 요루카는 어딘가 지루한 듯 서 있었다.

이런 번화가에 혼자 있는 것 자체가 익숙하지 않을 것이다.

손목에 감은 손목시계를 힐끔힐끔 확인하고 있다.

약속한 시각까지는 아직 30분 넘게 남아있었다.

"마음이 급했던 걸까."

나와 같다.

문득 요루카가 시선을 들었다.

혼잡한 인파 속에서 나를 발견하자마자 요루카의 고운 얼굴에 눈부신 미소가 피어났다.

나는 요루카를 향해 똑바로 달려갔다.

오늘은 손꼽아 기다렸던 휴일 데이트다.

후기

처음 뵙겠습니다, 혹은 오랜만입니다. 하바 라쿠토입니다.

『다른 사람과 하는 러브코미디는 용서하지 않을 거니까』 2권을 를 읽어주셔서 감사합니다.

고백에서 시작하는 맞사랑 러브코미디, 이번에는 고백하지 못했던 짝사랑의 이야기였습니다.

맺어지는 사랑이 있다면 이뤄지지 않는 사랑도 있는 법.

누구나 실연의 애달픈 아픔에 고뇌한 경험이 있다고 생각합니다.

연애만이 아니라 자신이 생각하는 것을 상대방에게 전한다는 건 정말로 어렵죠.

특히 대화라는 커뮤니케이션은 기본적으로 일회성. 그 자리에서 잘하지 못하면 후회하거나 낙심하거나 하죠.

반대로 전해졌을 때의 기쁨은 무엇과도 바꿀 수 없는 기쁨을 줍니다.

덕분에 이 작품의 1권은 제가 작가로 데뷔한 이래 가장 큰 반향을 받아, 이미 3권도 발간이 결정되었습니다. 처음으로 3권! 만세!

발매 전부터 깜짝 놀랄 만큼 많은 반응을 받아서, 작가로서는 이보다 더 기쁜 일은 없습니다. 새로운 독자님, 부디 오래오래 함께해주시길 바랍니다. 과거작에서부터 응원해주신 독자님에게는 각별한 감사의 마음을 보냅니다.

이번에는 비하인드 스토리를 하나. 전격문고의 인기 히로인 중엔 미사카, 코우사카, 아이사카 등 이름이 '사카'라는 글자가 많이 쓰인다는 것을 깨닫고 요루카의 성을 '아리사카'로 지었습니다.

담당 편집자 아난 님. 이번에는 과거 최대의 수정 요구와 과거 최고의 칭찬을 받은 인상적인 책이 되었습니다. 앞으로도 잘 부탁드립니다.

일러스트 담당인 이코모치 님. 1권도 아닌데 코스프레에 수영복 등 신규 디자인이 많아서 죄송합니다. 매번 일러스트가 도착할 때마다 기쁨으로 떨면서 창작의 자극을 받고 있습니다. 이 작품의 매력을 120% 시각화해주는 멋진 재능에 그저 감사할 뿐입니다. 앞으로도 함께 해주세요.

디자인, 교정, 영업 등 이 작품의 출판에 조력해주신 관계자 여러분들에게도 감사의 인사를 드립니다.

가족, 친구, 지인, 동업자 여러분. 늘 감사합니다. 사촌인 J는 결혼 축하해. 정말로 기뻐! 오래오래 행복하길!

다음 페이지는 놀랍게도 3권의 예고입니다. 존재만은 1권부터 등장했던 그 캐릭터가 드디어 등장합니다. 과연 키스미와 요루카를 기다리고 있는 놀라운 전개란──.

그럼 하바 라쿠토였습니다. 3권에서 또 만나요.

여기까지 하바 라쿠토였습니다. 2권에서 다시 만나요.

BGM : 붉은 공원 『오렌지』

다른 사람과 하는 러브코미디는 용서하지 않을 거니까 2

──시간은 과거로 거슬러 올라간다.

세나 키스미와 아리사카 요루카가 하교할 무렵, 칸자키 시즈루의 스마트폰에 전화가 걸려온다.

발신자로 표시된 이름은 아리사카 요루카의 언니였다.

날도 저물고, 인기척이 없는 어두운 복도 구석에서 시즈루는 전화를 받았다.

"여보세요."

『시즈루? 다녀왔어. 하아, 남쪽 섬 너무 좋더라. 다음에는 둘이서 여행갈까? 선물도 사 왔으니까 다음에 만날 때 줄게.』

전화 너머로 들리는 목소리는 시차 때문에 졸린 듯했다.

시즈루는 무시하고 먼저 사무적인 보고를 했다.

"당신의 연락대로 동생은 등교했습니다."

『제대로 자지도 않았는데 요루도 참 팔팔하다니까. 집에 돌아오자마자 교복으로 갈아입고 또 서둘러 뛰쳐나가고 말이야. 그렇게 남자친구를 보고 싶었나?』

"그야 동생은 그에게 푹 빠져있으니까요."

『저기, 시즈루는 요루의 남자친구 이름 알고 있지? 나에게도 슬쩍 가르쳐줘. 요루에게 여러 번 물어봤는데 절대 말하지 않더라고.』

"학생의 프라이버시이므로 묵비합니다."

공사를 혼동하지 않는 시즈루는 설령 상대가 옛 제자이

자 지금은 좋은 친구라고 해도 구체적으로는 대답하지 않았다.

『쪼잔뱅이. 어떤 남자애야? 힌트 정도는 줘. 보호자 대리로서는 귀여운 동생에게 이상한 벌레가 붙진 않았을지 걱정된다고.』

"믿을 수 있는 아이이니 괜찮습니다."

『오…… 시즈루가 보장하다니 별일이네. 또 학급 임원? 그렇게 의지하는 건 나 이후로는 처음이잖아? 역시 자랑스러운 동생이지만, 비밀이 늘어나서 언니는 섭섭해.』

아리사카 요루카의 언니──아리사카 아리아는 변함없이 눈치가 빠르다.

제자 중 누구보다도 인상이 강하고, 친구가 된 지금도 개인적으로 의지하고 있었다.

그렇기에 갑작스러운 전화에도 사적인 고민을 툭 흘려버리고 말았다.

"아리아."

『……응? 시즈루, 무슨 일 있어?』

"저, 결혼해서 교사를 그만둘지도 모르겠습니다."

『──자세히 들려줘. 도와줄게.』

아리사카 아리아의 목소리는 졸음 따위는 조금도 느껴지지 않을 만큼 진지함 그 자체였다.

3권에서 계속

다른 사람과 하는 러브코미디는 용서하지 않을 거니까 2

WATASHI IGAI TONO LOVE COMEDY HA YURUSANAINDAKARANE Vol.2
©Rakuto Haba 2021
Edited by 전격 문고
First published in Japan in 2021 by KADOKAWA CORPORATION, Tokyo.
Korean translation rights arranged with KADOKAWA CORPORATION, Tokyo
through Korea Copyright Center Inc.

다른 사람과 하는 러브코미디는 용서하지 않을 거니까 2

2021년 11월 14일 1판 1쇄 발행

저   자 하바 라쿠토
일 러 스 트 이코모치
옮 긴 이 현노을
발 행 인 유재옥
본 부 장 조병권
담당편집 정영길
편 집 1 팀 이준환, 박소연
편 집 2 팀 정영길, 김민지, 조찬희
편 집 3 팀 오준영, 곽혜민, 이해빈
미   술 김보라, 서정원
라이츠담당 한주원, 이다정
디 지 털 박상섭, 이성호, 최서윤
발 행 처 ㈜소미미디어
인쇄제작처 코리아피앤피
등   록 제2015-000008호
주   소 서울 마포구 토정로 222, 403호(신수동, 한국출판콘텐츠센터)
판   매 ㈜소미미디어
마 케 팅 한민지, 최정연
물   류 허석용
전   화 편집부 (070)4164-3962, 3963 기획실 (02)567-3388
        판매 및 마케팅 (070)4165-6888, Fax (02)322-7665

ISBN 979-11-384-0455-6 (04830)
ISBN 979-11-6611-864-7 (세트)